Adorable Clio

Du même auteur aux Éditions Grasset :

Amica America
Aventures de Jérôme Bardini, *roman*
Bella, *roman*
Choix des élues, *roman*
Les Cinq Tentations de La Fontaine
Combat avec l'ange, *roman*
L'École des indifférents
Églantine
Elpénor
Juliette au pays des hommes
Lectures pour une ombre
Littérature
La Menteuse, *roman*
Or dans la nuit
Portugal, *suivi de* Combat avec l'image
Provinciales
Siegfried et le Limousin, *roman*
Simon le Pathétique, *roman*
Suzanne et le Pacifique, *roman*
Visitations

THÉÂTRE

Amphitryon 38, *pièce en trois actes*
L'Apollon de Bellac, *pièce en un acte*
Électre, *pièce en deux actes*
La Folle de Chaillot, *pièce en deux actes*
Les Gracques
L'Impromptu de Paris, *pièce en un acte*
Intermezzo, *pièce en quatre actes*
Judith, *pièce en trois actes*
La guerre de Troie n'aura pas lieu, *pièce en deux actes*
Ondine, *pièce en trois actes*
Pour Lucrèce
Sodome et Gomorrhe, *pièce en deux actes*
Supplément au voyage de Cook, *pièce en un acte*

Chaque année depuis 1972, les Editions Grasset publient les *Cahiers Giraudoux* en collaboration avec l'Association des Amis de Jean Giraudoux, et, depuis 1994, le *Carnet Giraudoux-Racine* de la fondation Jean et Jean-Pierre Giraudoux.

JEAN
GIRAUDOUX

Adorable Clio

nouvelles

Bernard Grasset
Paris

Jean Giraudoux / Adorable Clio

Jean Giraudoux est né le 29 octobre 1882 à Bellac, en Haute-Vienne, au cœur de cette province française qui lui servira souvent de décor romanesque. Après des études à Châteauroux et au lycée Lakanal à Sceaux, ce fils de percepteur intègre l'Ecole normale supérieure ; il n'y passera qu'un an. Féru de culture germanique, il séjourne en Allemagne et s'y emploie doublement, comme précepteur dans une famille princière et correspondant du Figaro. *C'est à Munich qu'il se lie avec un étudiant nommé Paul Morand, venu perfectionner son allemand. En ce début de siècle, Giraudoux bouge déjà beaucoup. En 1906, il est aux Etats-Unis, lecteur à l'université de Harvard. Un an plus tard, revenu en France, il devient le secrétaire de Bunau-Varilla, directeur du* Matin, *journal dans lequel il tient la rubrique littéraire et fait paraître ses premiers contes.*

En 1909, son ami l'éditeur Bernard Grasset publie son premier ouvrage, un recueil de nouvelles : Provinciales. *L'année suivante, il passe avec succès le concours des chancelleries et débute dans la carrière de diplomate. Sergent en 1914, il est blessé aux Dardanelles, puis missionné au Portugal et aux Etats-Unis. La guerre ne lui vaut pas que des décorations, elle imprègne aussi son œuvre, sous forme de chroniques, de souvenirs :* Lectures pour une ombre *(1917),* Amica America *(1919),* Adorable Clio *(1920).*

En 1918, il publie son premier roman, Simon le Pathétique. *Dans les années 1920, chef du service des Œuvres françaises à l'étranger puis des Services de presse au Quai d'Orsay, il les enchaîne :* Suzanne et le Pacifique *(1921),* Siegfried et le Limousin *(1922),* Juliette au pays des hommes *(1924),* Bella *(1926),* Eglantine *(1927).* Siegfried et le Limousin, *fable sur la réconciliation franco-allemande, et* Bella, *satire de la IIIe République sur fond de rivalité Poincaré-Briand, illustrent bien le style Giraudoux, virtuose, claquant d'humour et de fantaisie, s'aventurant assez loin dans l'invention poétique.*

En 1928, la rencontre avec Louis Jouvet conduit Giraudoux au théâtre, avec des pièces où l'optimisme de l'auteur plie, à mesure que l'avenir du monde s'assombrit, sous le tragique ; un tragique que cet humaniste invétéré, grand amateur de La Fontaine, avait toujours refusé. Siegfried *(1928),* Amphitryon 38 *(1929),* Intermezzo *(1933),* La Guerre de Troie n'aura pas lieu *(1935),* Supplément au voyage de Cook *(1935),* Electre *(1937),* Ondine *(1939), toutes montées par Jouvet, lui vaudront une gloire internationale. Giraudoux n'a toutefois jamais abandonné le roman, il y est revenu avec* Aventures de Jérôme Bardini *(1930),* Combat avec l'Ange *(1934),* La Menteuse *(écrit en 1936 et publié posthume en 1969) ou* Choix des élues *(1939).*

En 1939, alors que le monde bascule dans la guerre, il livre ses réflexions dans Pleins Pouvoirs. *Il est nommé commissaire général à l'Information la même année par Daladier. Il abandonne ses fonctions en juin 1940 au moment de la formation du gouvernement Pétain et de la demande d'armistice. Peu après, son départ volontaire à la retraite lui évite de prêter serment au chef de l'Etat. Il se retire à Cusset, près de Vichy, pendant l'Occupation, et travaille à la parution d'un ouvrage critique,* Littérature *(1941), et d'un essai politique,* Sans Pouvoirs *(posthume, 1946). Le théâtre le fera revenir à Paris pour y faire représenter* Sodome et Gomorrhe *(1943), avec un jeune premier nommé Gérard Philipe. Il meurt dans la capitale le 31 janvier 1944, sans voir jouer* La Folle de Chaillot, *l'un de ses plus grands succès.*

Jean Giraudoux entretient avec la guerre des rapports ambivalents. En tant que soldat, il en sait l'horreur. Comme écrivain, il ne peut résister à sa charge émotive ; la guerre, qui bouleverse le décor et les rapports entre les hommes, est une provocation à écrire. En témoignent les sept textes nés de souvenirs, d'une élégance et d'une fantaisie toutes giruldaciennes, composant Adorable Clio *(1920). Dans* Nuit à Châteauroux, *l'écrivain retrouve un ami américain rencontré pendant son adolescence à Munich ; une correspondance s'engage, comblant seize ans de silence. Le texte a valu au jeune Giraudoux les félicitations de Marcel Proust.* Entrée à Saverne, *c'est l'arrivée, sous un feu roulant d'images, des Français dans la ville alsacienne.* Mort de Segaux, mort de Drigeard *relève d'une poésie plus grave et s'enroule autour des liens unissant les hommes dans les tranchées.* Repos au lac Asquam *est une lettre d'amour, peut-être d'adieu, à une amie « d'humeur inconstante ».* La journée portugaise *évoque, presque en souriant, les langueurs d'un pays dégagé des obligations guerrières.* Dardanelles *relate les très riches heures du fameux détroit stratégique entre mer Noire et Bosphore, pendant l'expédition navale franco-britannique début 1915. Enfin,* Adieu à la guerre *donne la clef de cet ouvrage : quand les armes se sont tues, il faut se faire à une autre idée de la mort et des femmes, se remobiliser pour vivre sous l'écrasant soleil de la paix.*

Pardonne-moi, ô guerre, de
t'avoir, – toutes les fois où je
l'ai pu, – caressée...

Nuit à Châteauroux

De Melun je filai sur Provins. Dans le périmètre du Grand Quartier Général, il n'y a pas de troupes ni de convois étrangers. Tout un après-midi je fus dans une guerre soudain française. Quel repos ! J'étais un interprète qui revient dans son vrai pays. J'étais un interprète dont l'amie étrangère parle soudain la langue. Je n'avais plus à préparer en moi, d'une traînée lointaine de poussière, d'une foule encore indistincte, la seule de nos provinces reconnaissables. Les routes qui partent en éventail de Foch ou de Pétain sont pures, pendant quarante kilomètres, de toute autre race que la française, et Provins était ainsi au centre de la traduction que m'en donnerait au passage une automobile américaine, un bataillon portugais. Pour la première fois tous les saluts que je recevais étaient les mêmes que les miens. Au lieu des corps opaques en Europe – Siamois, Indous, – qui me renvoyaient rudement mes regards, des artilleurs français, la capote entr'ouverte, des fantassins, sous un sac dont je connaissais les moindres objets, l'épaisseur des moindres vêtements, tous ces gens pour moi transparents, et à travers lesquels – l'auto allait vite – je pouvais au besoin suivre le paysage. Je ne voyais plus le visage composite de la guerre, mais pour la première fois ses traits nets et simples, et, amis, elle ressemblait à la paix.

C'était l'après-midi. L'auto donnait dans l'épaisse chaleur la buée que font les hommes dans le froid. C'était juillet, où l'ombre est chaude comme une couverture. Pas de vent. Autour du soleil naissait parfois, pour disparaître, une fumée... comme si le soleil soudain filait, comme si on rabaissait le soleil. C'était l'été, un été sans instinct, sans réflexe ; il fallait au moins des oiseaux pour remuer les feuilles, des poissons pour rider l'eau, au moins une jeune fille nue pour rider le cœur ; et il n'y eut, dans ces villages et ces forêts, qu'une nymphe de plâtre. Les bicyclistes n'évitaient notre route qu'à la seconde juste où nous étions sur eux ; le chien étendu en travers de la route, la tête vers l'accotement, se contentait de ramener sa queue, puis de fermer les yeux par peur de la poussière. Dans tant de solitude, la voiture devait se frayer un chemin en touchant vraiment chaque être, comme dans une foule. Nourris de coulommiers et de brie, abreuvés de vouvray, les piétons aujourd'hui ne se garaient que contre la mort, chacun avec le geste de défense qu'a son âge, les enfants se protégeant la joue de leur bras, les femmes rougissant, et ils attendaient de l'auto une gifle, une caresse. A ma gauche, l'attaché militaire serbe peu à peu s'assoupissait, puis, au moment où il fermait les yeux, piquait du nez, relevait la tête en se tâtant et ne se garait du sommeil, lui, qu'après l'avoir heurté. Tout ce que j'inventais pour le distraire était de tendre le doigt vers les châteaux blancs dans la verdure. Alors, il regardait et disait oui. Pas un qui lui ait fait dire non, qui ait été vert dans des arbres blancs, violet dans des arbres noirs. Des ramiers volaient, mais perpendiculairement aux routes, et plus lourds sur ces chemins volants que n'empruntent point les télégrammes... L'attaché serbe approuvait... Pas un seul château argenté dans des arbres rouges... Le chauffeur bavard conduisait la tête tournée vers moi, et il ne pouvait non plus, car j'affectais d'être rassuré, lire les tournants ou les caniveaux sur mon visage... Parfois il s'inquiétait d'un pneu arrière, et tous quatre nous nous penchions de tout le corps hors de la voiture emportée sans maître, comme quatre marionnettes... Le planton pompait sans relâche à je ne sais quelle pompe, affolé comme si nous faisions eau... De sa main droite, à bras tendu, car nous allions droit vers l'ouest, l'attaché serbe projetait sur son visage, cherchant surtout à couvrir un de ses yeux, un tout petit cercle d'ombre... Je lui montrais les topinambours de l'an dernier, rouillés par l'automne, les silos de betteraves, pourries par l'hiver ; il approuvait : je ne croyais pas les Serbes aussi lâches devant les saisons... Puis vint ce village où la fontaine est surmontée d'une nymphe nue, et une vieille femme y lavait un bonnet, une chemise mauve, des bas, tout le linge de la nymphe, des draps de nymphe avec de grandes initiales. Puis parut le poste fixe de défense contre avion, et le potager s'étalait chaque semaine davantage autour de la tour de planches... Puis le poste mobile, où les observateurs n'ont pas la ressource de planter, et dorment, les yeux fermés dès qu'ils ne regardent plus le ciel... Mais soudain la terre fléchit, l'horizon fut crénelé de tours et de dômes, planton et chauffeur ceignirent leur étui vide de revolver, y firent disparaître leurs bérets, coiffèrent leur casque comme des aviateurs ; les autos qui allaient sur Paris laissaient un vrai reflet d'or, contenaient un képi de général : c'était le Grand Quartier, c'était Provins.

Il fallut s'arrêter aux portes. Nous étions à la fin de

ce mois où un lieutenant italien avait pu conduire, de Modane au front de l'Aisne, Lina Pellegrini déguisée en matelot. Il avait remarqué que les marins, on ne saura jamais pourquoi, pouvaient sans qu'on leur demandât aucun permis aller jusqu'aux tranchées et, dans les tranchées, jusqu'aux sapes. On y trouvait aussi des coquillages. Une heure Lina avec ses jumelles de théâtre regarda la guerre, vit seulement une musaraigne, frémit, grimpa en criant sur le parapet, car un rat passait ; et conduite au colonel, éclata de rire en montrant ses dents qui la dénonçaient plus que n'eût fait chez d'autres femmes la poitrine. Elle avoua qu'elle n'était pas matelot, retira donc ses mains de ses poches, laissa donc tomber ses cheveux, mit un corset – reprit toutes les habitudes qu'on a sur la terre et pas sur la mer – n'affecta plus de marcher en écartant les genoux comme si elle sentait le globe rouler, et fut reconduite en Italie – la plus belle Italienne ! – avec un papier du Quartier Général qui la disait indésirable. Des officiers, disciplinés, se la passaient dans les gares régulatrices, sans donc la vouloir, mais en la caressant – et l'itinéraire capricieux de son voyage, les cinq villes, Modane, Bourg, Chalon-sur-Saône, Troyes et Provins, où l'on ne sait distinguer entre une Polonaise et un marin, – d'ailleurs, tout est logique, les cinq villes de France les plus éloignées de la mer, – fut désormais semé de postes et de plantons. Ma voiture dut suivre un dédale à angles droits marqués de ces flèches tirées du carquois des gendarmes, qui ne saluaient qu'après nous avoir inspectés et reconnus semblables à eux-mêmes...

Provins d'ailleurs semblait une ville folle. Au bruit de notre moteur, chefs et soldats se dissimulaient dans les portes cochères, ou cachaient de leur main sur eux, comme Vénus surprise, je ne sais quel insigne ou quel trait défendu, mais pas à la même place de leur corps, et pour chacun cette étrange pudeur changeait d'objet. Le soleil était ardent, et je vis pourtant deux colonels au bruit du moteur relever leur col et le maintenir avec force. Les sous-intendants répondaient à notre salut d'un bras court et sans élan, comme pour contenir des cartes cachées dans leurs manchettes. Les ordonnances couraient avec des dolmans et des pantalons, ainsi qu'au rubgy les managers quand un joueur a déchiré son maillot ou sa culotte. Mais ce n'était point que le Grand Quartier eût dans un effort craqué sa casaque, point que chaque officier d'état-major eût senti soudain combien est artificielle la mode qui consiste à se couvrir, combien parfois au-dessous de ses vêtements l'on est, même dans l'état-major, petit et nu. Ce n'était pas pour faire des mannequins, tromper l'ennemi, et laisser rapporter à l'Allemagne atterrée par l'avion prussien qui chaque matin faisait sa visite, qu'au lieu de douze cents, ils étaient deux mille officiers, maintenant, occupés malicieusement, sur les bords de la Voulzie, à lui vouloir du mal... C'était que le général Anthoine arrivait, et qu'il interdisait, dans son premier ordre du jour, sous peine d'exclusion, d'envoi au front, – de mort, – les cols rabattus, les pantalons relevés, les manteaux à martingale. Des commandants de chasseurs à pied qui n'avaient pas le passepoil jaune réglementaire restaient immobiles à leur table, comme en des habits que le moindre mouvement découdrait à toutes les coutures. Au risque d'être dégradés, les chefs d'escadrons s'entassaient dans le train de quatre heures pour aller rechercher dans leur vieille cantine de Paris un col en celluloïd et leur vieux képi rouge, car le général avait ordonné le képi rouge à partir de midi, et l'avion allemand à midi avait pu voir Provins subitement fleuri de roses géantes. Les aspirants de hussards, dont les brandebourgs sont tressés des cheveux de leur bien-aimée, les prétendaient à haute voix, ingrate excuse, tressés en cheveux de Chinoise. Par les fenêtres, on voyait les tailleurs couper d'un seul coup de ciseaux les rebords des pantalons. Le général Anthoine arrivait : les caoutchoucs privés de martingale flottaient autour des maigres généraux ; dans les manches des médecins-majors remontaient les beaux mouchoirs de soie comme dans les manches des jeunes filles ces longs épis barbus qu'on y glisse l'été. Seul le colonel Chabot allait à son bureau le front serein, sur des souliers poulaine vernis étreints par des guêtres pattes-d'oie bleues à bandes carmin, dans une culotte kaki passepoil vert, sous un dolman noir à col rouge, écusson mauve, et à gigantesques crevés bleus garnis de trente boutons d'or avec un fez, un manteau couleur grenade rejeté sur l'épaule et doublé de crème ; et il souriait ; et il marchait au milieu de la chaussée ; et ce n'était pas qu'il fût le plus brave : c'était que sa tenue était réglementaire.

Ainsi se passa ma soirée... dans les transes. J'avais un col rabattu, les sentinelles me rendaient les honneurs avec pitié comme à ceux, décolletés, que l'on guillotine. J'évitais les cours intérieures, les façades. Je remis mes ordres par les fenêtres qui donnaient sur les routes, sur la campagne. Mes renseignements sur les canons portés et les fourrages américains, je les pris par-dessus des barrières, disparaissant au moindre bruit, comme un espion. A la direction de l'infanterie, centre du Grand Quartier, je pénétrai, malgré la canicule, en manteau, les autres officiers à cols rabattus m'imitaient, et l'on approche avec moins de précautions du pôle. Sur le fauteuil à pivot de Joffre, où Joffre parvenait à ne jamais tourner et, quel que fût le visiteur, parlait devant lui, dans la glace, et parfois rudement, à un brave reflet de Joffre, le général Anthoine tournait déjà à toute allure, comme une loterie, et celui de nous qui le gagnait n'était pas fier. Puis il sortit, pour faire museler les chiens civils, et je regagnai le coiffeur en m'abritant tous les quinze pas dans une porte, comme à Paris, les jours de raids.

Enfin le soir tomba, et nous nous retrouvions dans les tonnelles, au bord de la Fausse Voulzie. La journée de bureau close, tous les officiers venaient se mettre au frais dans les grands fossés de Provins, au frais et au repos, dans les plus larges tranchées de France, les plus tranquilles. La Fausse Voulzie dévalait et l'on entendait un murmure là où elle se heurtait à la vraie Voulzie. L'hôtelier plongeait dans la rivière les bouteilles de Graves gris. Pierrefeu, près de moi, rédigeait le communiqué, mais pour la première fois, depuis mars, tout sur le front était calme, et, de tant de téléphones, de tant de radios, un seul prévoyait pour la nuit du travail : une reconnaissance commandée par le lieutenant Michel... Ainsi, nous savions le nom du seul officier qui fût en guerre aujourd'hui... Ainsi, seul, de tant d'armées, Michel avait aujourd'hui avancé son dîner, renoncé à sa manille ; lui seul, assoiffé de vengeance, d'une main qui jamais ne caresserait plus, ouvrait l'étui de son revolver, mettait la crosse à nu, la caressait ; lui seul, une minute avant le coucher du soleil, impatient de son dernier jour, fermait les yeux une minute pour n'avoir désormais à regarder que dans la nuit ; lui seul, Michel, auquel son colonel enfin a parlé doucement et comme si ce nom était un prénom, voit sa montre arrêtée, frémit, hâtivement la remonte, à mesure reprenant courage ; on lui remet un petit dictionnaire de poche, on lui apprend trois, quatre mots allemands comme à ceux qui jadis allaient vraiment en Allemagne; lui seul, toute la nuit, va se pencher doucement, doucement, sur la tranchée allemande, la tête la première, la bouche ouverte, comme pour boire à un gué... Mais Pierrefeu refuse de donner à la France le nom de celui auquel le général vient de remettre, avec mille recommandations, comme si c'était le flambeau de la guerre – attention, qu'il ne la casse pas, qu'il ne la casse surtout pas! – la meilleure lampe électrique de la brigade...

Le lendemain, à cinq heures, je compris pourquoi le colonel directeur de l'infanterie, pendant tout le dîner prévenant, m'avait soudain demandé à voix basse si j'aimais Falconnet, m'approuvant à voix haute de l'aimer, puis à voix haute si j'aimais Natoire, me blâmant à voix basse de le haïr. Je compris pourquoi il les défendait et louait comme s'ils formaient un couple inséparable, déjouant les tentatives où j'essayais d'unir Falconnet à Fragonard, et Natoire à Houdon. Son planton vint demander si j'emporterais à Limoges, où était sa femme, deux objets détournés de Paris par crainte des obus, mais que le général Anthoine ne tolérerait certes plus dans son bureau, une petite *Délie* de Falconnet, la *Découverte de Moïse enfant*, par Natoire, et il parut lui-même bientôt, portant l'une de la main droite, l'autre de la gauche, et il venait vers moi, raide comme un I, me prouvant que tous deux avaient du moins même poids. Il tint, pour me convaincre, à déplier le Moïse, enroulé dans des cartes de fronts qui ne servaient plus, et justement orientales, Dardanelles, Basse-Serbie; il l'ajustait dans le matin, changeant de hauteur et de place, quand se dérobait le gouffre de lumière qu'il voulait aveugler avec un Natoire. Nous étions à l'heure exacte où fut sauvé Moïse; on comparait la Voulzie au Nil, on voyait que Natoire utilisait pour son aurore un vieux coucher de soleil. Puis je partis, tenant sur mes genoux la petite *Délie*, ainsi qu'un enfant rapporte de la ville un bocal de poissons rouges, prenant toute la journée la France de biais, de la Brie au Limousin, et gardant sur nos voitures, nos uniformes, les mêmes écharpes transversales d'ombre et d'éclat, jockeys fidèles.

Or, le soir même, j'étais étendu dans un lit, à l'hôpital de Châteauroux, avec des ballons de glace sur le ventre, et le major craignait une appendicite aiguë. J'étais dans une chambre à deux lits, peinte en blanc, près d'un adjudant blessé qui s'occupait à tuer les innombrables mouches avec une orange en caoutchouc. Souvent, et sans qu'on pût le prévoir car la salle était arrondie aux angles, l'orange partait par la fenêtre dans la rue, et toujours, sans qu'il fût besoin de sonner ou de crier, elle revenait, parfois après quelques secondes à peine, parfois au bout d'un long moment. Parfois une main qu'on voyait la posait sur le rebord, main tantôt grande, tantôt petite et comme d'un être plus ou moins lointain, et la balle venait à nous en roulant. Vers quatre heures, à la sortie du pensionnat, revinrent par des mains égales, des cerises, des fleurs, des journaux. Puis l'infirmière-major entra prendre mon nom ; son dernier poste avait été Cognac, garnison des Tchéco-Slovaques :

— Nasdar ! dit-elle en entrant.

— Sdar ! répondit mon voisin.

Et tous dans l'hôpital étaient ainsi dressés : c'est le salut des généraux et des soldats tchéco-slovaques... Elle me fit épeler mon nom comme on l'ordonne aux aphasiques, dire ma naissance, comme aux alcooliques, mon âge comme à ceux qui vont périr de vieillesse, me rassura et disparut.

— Dobra notché, cria-t-elle de la porte, car elle avait

habité Hyères, garnison des Serbes, qui se souhaitent ainsi bonne nuit.

— Tché, cria mon voisin.

... Ainsi j'étais dans Châteauroux, où je fus interne sept ans et où jamais je n'étais revenu depuis les prix de rhétorique. Mon dernier soir dans cette ville, j'étais coiffé de neuf couronnes. Or... la fenêtre, aujourd'hui, donnait sur le Jardin public, sur les faubourgs et les prairies de l'Indre, comme autrefois celle de mon dortoir, et de Châteauroux, depuis dix-huit ans inconnu, je reconnaissais chaque bruit : ce glissement que je croyais de la rivière lointaine et qui était d'un petit canal tout proche ; cet ébranlement, le même, quand passait le train, car mon corps était de nouveau parallèle à la ligne Paris-Montauban ; ces battoirs là-bas qui battaient autour de ce que je croyais un étang et qui était, je le comprenais ce soir, mon cœur même ; mes amis qui maintenant peuplaient la ville faisaient juste, juste le même bruit que leurs pères ; les mêmes écoles de clairons, qui s'exerçaient dans le silence du crépuscule, pour entendre l'écho de leurs fautes ; ce froissement dont je n'ai jamais trouvé la cause, comme une lutte de grandes herbes, même l'hiver ; cette voix d'enfant, du même enfant ; et cette auto, et pourtant alors il n'était pas d'autos ; et ce ronflement d'avion en retard ; et tous ces bruits du soir résonnaient en moi plus encore, me faisaient mal, puisque j'avais grandi, grossi, puisque j'étais plus près d'eux d'un centimètre, j'étouffais dans cette gaine trop étroite ; et jusqu'au pas, jusqu'aux murmures des balayeurs soudanais dans l'escalier étaient pour moi un souvenir aigu, tant le son de cette ville était resté le même !

On frappa. La porte était un simple battant sans serrure. Par en haut, nous apercevions les cheveux, par en bas les pieds des passants. – Voici le docteur, voici l'économe, disait mon voisin en voyant les souliers. Il reconnaissait aussi les nations. Parfois ces pieds venaient de face, c'est qu'on allait entrer. Seule l'infirmière qui apportait le dîner entrait à reculons, à cause du plateau, appuyant du dos contre la porte.

— Voici un Américain, dit mon voisin.

Un Américain, en effet, venait à mon lit. Comme on découvre parfois, en Amérique, au fond d'une coque étrange, une châtaigne semblable aux nôtres, au fond du mot qu'il prononça je reconnus mon nom, et il me tendit une lettre :

— Je vois votre nom sur la feuille d'entrée, disait la lettre. Etes-vous l'ancien élève de la pension Kissling, à Munich ? Je suis Pavel Dolgorouki.

Pavel Dolgorouki ! Mon meilleur ami pendant mes années de Munich. Nous nous étions rencontrés à la gare même, nous heurtant de face, venus l'un vers l'autre de Moscou et de Paris sur le même axe étroit... Sa valise était égarée, et toute la première semaine de notre amitié, il porta mes vêtements du dimanche... Déjà l'Américain, voyant ma joie, dégrafait comme une nourrice son sein gauche et en dégageait un stylo... J'écrivis donc au-dessous des deux lignes, avec la même encre, et ma phrase en paraissait une traduction :

— Viens vite. Je ne peux bouger. Seize ans sans nouvelles de toi, car tu n'as jamais répondu à ma carte de Besançon !... Quelle joie de te voir !

L'adjudant mon voisin m'expliqua l'Amérique. Elle est le contraire de la France. L'hôpital avait des infirmières jusqu'à minuit : l'annexe américaine des infirmiers ; à partir de minuit, des infirmiers : l'annexe des infirmières. On s'y reposait le samedi et les hommes s'y promenaient tout nus, leur serviette à toilette autour du cou. On y demandait aux enfants, non point, comme aux Français, au cas où ils mourraient, le nom de celui qu'ils aiment le plus, mais le nom de celui qu'ils aiment le moins, pour qu'il pût avec sang-froid prévenir tous les autres.

Pavel Dolgorouki à seize ans ! Je revoyais, toute ronde et comme si elle était seule, sa tête... L'impression que donne une main blanche sortant du vêtement, chez lui sa tête la donnait. Toujours d'ailleurs il tournait cette tête vers ce qu'il y avait de clarté dans la pièce ou dans le jardin, vers la lampe ou vers le soleil, d'un mouvement lent et sincère, comme s'il arrivait à une vérité et non à la lumière ; s'il avait parfois à choisir entre deux lampes, deux rayons, on pouvait être sûr, quand il s'installait sous l'un d'eux, que celui-là était le plus fort, d'un volt ou d'une demi-calorie ; je ne vois son visage que miroitant et de couleurs changeantes ; grâce à lui il n'est pas une nuance du jaune au rouge que je n'aie vue sur des joues heureuses, car dans notre barque du Sternbergersee, j'ai suivi sur les siennes à peu près cent couchers de soleil ; toujours sous une projection de lune, d'allumette ; dans l'ombre il se taisait, attendant un bec de gaz pour me répondre ; alors, de sa main droite, il battait un peu la clarté devant ses yeux, comme on essaye un bain...

L'Américain revenait et me tendait la feuille.

— Cher Jean, disait Pavel, quelle malchance ! Je ne pourrai te voir. J'ai la jambe en mauvais état ; on m'embarque demain à six heures pour Bourges, où l'on m'opère. Mais écris-moi, écrivons-nous, je te réponds...

Pavel avait de grands cheveux blonds qu'il gommait, et il semblait toujours, au bal ou au réfectoire, arriver d'une plongée. A chaque instant il secouait la tête, habitude du temps où ses cheveux étaient bouclés, mais c'était ses yeux seulement qu'il secouait, et un peu ses lèvres ourlées, et un tout petit peu son nez... relevé à peine. Ses jambes ? il les croisait sans cesse et frappait son genou pour en contrôler le réflexe ; jamais la jambe ne remuait ; il n'y avait aucun réflexe en Pavel : il ne fermait pas les yeux si on le menaçait subitement du poing ; il ne s'écartait pas si l'on feignait de lui lancer une pierre ; il avait passé son enfance dans un palais, admiré de tous, et y avait pris la confiance d'un chat couché dans la vitrine d'un magasin qu'une vitre sépare toujours de la caresse ou de la menace ; il ne courait pas en voyant un accident ; il n'avait aucune pitié en voyant un pauvre, de haine en voyant un lâche, et quand ses amis aux trains partaient pour toujours, il les saluait par des gambades, comme s'ils arrivaient, tout triste...

Neuf heures avaient sonné ; la lune se levait, et tout ce qu'il y a d'amoureux et de modeste sur terre, tout ce qu'écrivit sur le Berry, d'une encre invisible, le jour, la nostalgie ou la candeur, le cours de l'Indre trompeuse, les bassins ovales du château Raoul, éclatantes voyelles, à sa lumière devenait soudain visible. L'adjudant déjà dormait. Pour qu'il ne fût point dérangé, je fis éteindre les lampes, à part celle de mon lit, et apporter un paravent. C'était le paravent dont on sépare d'habitude, quand l'agonie approche, le mourant de son voisin. Sur une face il était vert avec des oiseaux japonais ; de l'autre, jaune sans dessin... J'imagine qu'on place les oiseaux du côté du mourant... et j'écrivis à Pavel...

Mon cher Pavel,

C'est cela, bavardons toute la nuit par lettres. J'ai déjà fait cela tout le jour, au Mont des oiseaux, avec mon voisin de lit, qui était sourd tout à fait. Nous voilà devenus – sale guerre ! – sourds ou invisibles. Mais te rappelles-tu qu'à la pension Kissling nous passions déjà le cours de botanique, face à face, à nous écrire ? En ouvrant les enveloppes, nous nous collions les doigts à la gomme toute fraîche. Tu me demandais par le langage des muets l'orthographe des mots français que tu connaissais mal, avec le signe de détresse quand c'était un nom propre, et je savais toujours cinq ou six mots de ta lettre (le mot « parages » et le mot « œdème » entre autres, que tu t'obstinais à employer) avant de la recevoir. Je t'avertis que tu commets toujours la même faute sur mon nom. Il se termine par un x et non par un double z... Te rappelles-tu aussi les lettres que nous nous adressions et que nous allions déposer tout exprès, à la grande poste, pour l'expérience, dans la boîte de l'étranger. Elles nous revenaient toujours par la distribution du soir, glissées sous notre porte, à nos pieds, plus infaillibles qu'un boomerang, et sans que jamais le postier munichois ait eu soudain cet éclair qui rend exotique une ville à son habitant même ; avec je ne sais quoi pourtant de leur séjour de quelques heures parmi ces lettres en route pour Melbourne, pour l'Ouganda surtout et les colonies allemandes, pour Samoa. Tu as presque la même écriture, un peu plus grosse cependant, et tu mets des ~ sur ton double n comme si tu revenais d'Espagne ou du Moyen Age.

Mon infirmière va dans ce que tu appelais tes parages. Je lui donne ce mot. Comment es-tu ? As-tu changé ? Pourquoi m'as-tu laissé partir sans me dire adieu ?

Mon cher Jean,

Toi, tu n'as pas changé. Toujours tu me fais des reproches. Tu oublies que tu t'amusais à me donner de fausses orthographes et que par tes conseils j'ai écrit pendant dix ans le mot russe avec un c. Maintenant encore je me retiens difficilement de mettre une cédille sous l's. Ce que tu appelles un double z est un x russe. Pour l'affaire des adieux, apprends que je suis revenu la veille de ton départ, en cachette, de Garmisch, avec Yourf. Je suis resté une bonne heure sous ta fenêtre, je n'ai pas osé monter à cause du père Kissling. Moi j'aurais deviné que mon meilleur ami était dans la rue, avec un chien lapon, dont il maintenait la gueule, par crainte des aboiements, chaque fois que de ton rez-de-chaussée, du café Stéfanie, un des peintres polonais sortait, craquant des allumettes pour son dernier cigare. Yourf détestait les allumettes. J'ai repris le train de deux heures pour Schliersee ; nous sommes arrivés sur la montagne juste pour le lever du soleil, et Dieu sait, en le voyant paraître, ce qu'a pu aboyer Yourf. Je n'ai pas trop changé ; toi sûrement pas, je te vois trop bien encore. Parles-tu toujours en écartant des deux mains l'échancrure de ton gilet, comme notre sainte de la Theatinerkirche qui s'ouvre ainsi la poitrine et montre tout son cœur ? On ne voyait d'ailleurs le tien qu'à moitié. A la grande poste justement, quand tu avançais à petits pas vers le guichet des lettres restantes, pris entre le groom des Quatre-Saisons et une vendeuse de Wertheim amie des seconds ténors, tu devenais soudain irascible, tu m'éloignais... Un vrai œdème !... Tu me giflas même un jour, quand je faisais collection des gens célèbres. Strauss, Reger, sur le pied desquels j'avais marché, et que je prétendis toute une journée écraser le tien. Ou bien le dimanche, quand il pleuvait sur la Bavière et qu'assis à ta fenêtre nous passions la journée, avec jumelle et chronomètre, à chercher celui des tramways circulaires qui faisait le plus vite le tour de Munich, tu me dictais les numéros et les temps d'un langage si dur que j'avais envie de mettre des cédilles sous chaque chiffre. Je pensais que tu serais un grand ministre et je t'espionnais d'après la *Vie de Gladstone enfant* volée au père Kissling. Mais jamais tu ne faisais les choses comme Gladstone. Tu ne préférais pas l'encre rouge et le papier oignon. Tu ne te fâchais pas avec ta fiancée au sujet des pois de senteur. Gladstone aimait scier les bûches, abattre les arbres ; je te promenais dans les bois de Lockham, sans résultat. Gladstone aimait la liberté, tu étais un tyran, tu m'éloignais à ton gré de la Spatenbraü pour me traîner au Luitpold, sans voir que c'était m'éloigner de Fanny, que j'aimais, pauvre Fanny, pour me donner à Mitzi... Pauvre Mitzi !...

Ton infirmière repart. A tout à l'heure.

Mon cher Pavel,

Te rappelles-tu comme je t'enviais, à chaque fête, de partir pour Lucerne ? Tu rapportais d'ailleurs de la Suisse tout ce que les autres rapportent de la mer, des coquillages, des étoiles sèches, des bérets de marin, et une fois une perle vraie pour ma cravate. Te rappelles-tu, pendant la guerre japonaise, quand tu restas trois mois sans recevoir d'argent de poche ni de lettres, et que tu écrivis un programme des dix grandes aventures de ta vie, racontant chacune pour dix sous et la vendant écrite pour un mark ? J'achetai « Premier Aiguillage », où ta nourrice te perd à la gare de Berlin et où tu es retrouvé sous la locomotive, criant à cause de la chaleur. Je désirais « Premier ébat du cœur », mais tu le donnas à Borel. J'ai toujours cru – tu disais non – que tu avais une préférence pour Borel. Avoue-la aujourd'hui.

Je peux te dire maintenant qu'il te volait. Il passait la main sous le volant de ton casier, le soulevant à peine, et puisait à ton chocolat. Sans mesure : dans une seule étude, il vola dix tablettes et il allait les manger loin de toi, c'était sa seule pudeur. Je m'assis au dixième vol sur le casier; je sentis son poignet craquer. Il ne poussa pas un cri et je n'osai le dénoncer...

Que de progrès tu as faits en français ! Tu n'as pas encore employé une seule fois le nom des saisons. Te rappelles-tu que tu parlais d'elles si souvent, c'était ton seul vocabulaire, que le père Kissling te forçait à ajouter entre parenthèses une courte description chaque fois que tu prononçais le mot été ou le mot printemps ?... Au printemps (quand les feuilles poussent). En été (quand le blé mûrit). Tu affectais de te tromper et tu appris un jour tous les fruits des tropiques pour les loger dans l'hiver. C'était justement l'hiver; il te conduisit, furieux, à la fenêtre, te montra la neige, te la fit toucher, tu bondis et revins un quart d'heure après, chargé de bananes, d'ananas et de mangues, mais enrhumé pour quatre jours. Que de faux renseignements nous lui avons ainsi donnés sur ces quatre saisons ! L'été (quand les femmes meurent). Le printemps (quand les enfants naissent) !

Dis-moi tout ce qui est arrivé à la pension après mon départ. As-tu revu Mimi Eilers ?

Mon cher Jean,

Je ne suis resté que vingt jours à Munich après toi. Voici les dernières nouvelles, elles datent de seize ans. Mais cela prolongera ton passé de trois semaines. La Vierge forte est retournée à Halle avec toutes les photographies des tableaux de la Pinacothèque où l'on voit des héros grecs de face. Tous les Bellérophon et les Icare de profil, elle les a dédaignés. Tu te souviens d'ailleurs que dans la rue elle nous accueillait avec des clameurs de joie si nous marchions droit sur elle, et nous saluait à peine si nous l'effleurions de côté. Les Grizzi devaient partir, le frère peintre pour Florence, le frère électricien pour Fribourg, mais leur mère arriva de Rome, ravissante, avec des malles à couronne de comtesse, et l'électricien partit pour Florence, le peintre pour Fribourg, on n'a jamais su pourquoi. Fedia Botkine ne m'a jamais écrit ; je sais que son père a été ministre à Amsterdam, puis à Tokyo, puis à Lisbonne : je suis ainsi sa trace sur tant de mers, sans savoir ce qu'il devient lui-même, par son gros père, comme un sous-marin par sa bouée. De Miss Isaacs, j'ai l'impression parfois de recevoir des nouvelles ; c'est faux : c'est que je retrouve sa photographie en la passant de portefeuille usé en portefeuille neuf, et je la revois ainsi tous les deux ou trois ans ; elle est assise sous les arcades du Jardin anglais ; elle sourit, on ne voit aucune feuille, aucun arbre, mais on devine que c'est l'été (quand les Américaines ont trente-deux dents) et qu'elle suce de la glace. Notre maître de déclamation Vogelmann Vollrath, que tu n'appelais jamais que par la traduction française de son nom : l'homme-oiseau plein de conseils, était très malade à mon départ. J'ai depuis seize ans l'impression qu'il n'a plus, pauvre badois à ailes, qu'un jour à vivre.

De Mimi Eilers je ne sais qu'une seule chose, et je viens de l'apprendre à la minute même, car jusqu'ici je n'y pensais point : elle a trente ans. Je me suis brouillé avec elle le jour même où j'ai réussi à lui parler. A l'exposition du corps de l'archiduchesse Gisèle, je l'avais aperçue, après moi dans la file. C'était le premier cadavre qu'elle voyait ; j'attendis : je voulais saisir sur son visage le premier reflet que jamais y jeta cette sinistre aventure. Ce fut un reflet tout rose : elle se savait observée et se protégea de la mort par la pudeur. Je m'approchai d'elle à la sortie, dans le salon en papier mâché de la Résidence. Mais nous avions eu le tort de l'accabler toute la semaine de ces cartes postales allemandes gaufrées, sous lesquelles elle pouvait reconnaître avec les doigts, même en refusant de lire, les cœurs percés de flèches, des Tyroliens étreignant des Tyroliennes, et elle m'échappa. Je la rattrapai.

— Bonjour, mademoiselle.

— Passez votre chemin, monsieur.

Elle allait trop vite pour qu'on la dépassât, et j'étais pressé. Je marchai donc malgré moi tout près d'elle :

— Comme vous êtes jolie, mademoiselle !

— Que vous l'ayez remarqué m'en dégoûte, monsieur.

On voyait qu'elle avait pour maîtresse de français Mlle Kolb, si énergique dans son vocabulaire et dont chaque phrase contenait, tu te rappelles, le mot « ignoble » ou le mot « dégoûtant ». J'étais déconcerté ; devant la maison du vieux Possard je dis, car je ne trouvais plus d'inspiration que dans les objets extérieurs, et rien dans le mobilier de mon âme :

— Tiens, le vieux fou déjeune !

— De plus fous sont en liberté, monsieur.

Devant la fleuriste, devant la brasserie, je lui tendis ainsi le mot « fleur », le mot « saucisse blanche », sur lesquels elle se jetait comme un serpent qu'on agace d'un bâton. Ou bien, si ma phrase avait trois parties, elle répondait à chacune, et dans l'ordre.

— Qu'il fait beau, quel soleil agréable, mademoiselle Mimi.

— Qu'il fasse beau excite mon dégoût, monsieur. Ce soleil me fait vomir. Que vous m'appeliez par mon nom me rend répugnante à moi-même.

— Au revoir, mademoiselle.

— A ne jamais vous revoir, la vie serait une infection !

Alors, je m'en repens, je la pris par le bras, je la forçai à me regarder, j'étais timide, si timide ! mais je ne sais ce qu'elle découvrit sur mon visage, le premier qu'elle vit de face après la face de la mort. Je la tenais juste d'un doigt : elle se débattait violemment et sans pouvoir se libérer. Je ne l'effeurais que du bout de ma plus faible pensée : tout son cœur, tout son cerveau se révoltaient sans mesure et en vain. Elle m'entraîna ainsi jusqu'à sa porte, comme un oiseau son faible piège. Je ne l'ai plus revue.

J'ai demandé à mon Américain comment tu étais fait. Il n'a même pas pu me dire si tu avais de la barbe. Laisse-le te regarder de près.

... Si j'ai changé ? Dis-moi d'abord un peu comment j'étais, à seize ans. Donne-moi un peu de mes nouvelles. Je n'ai ni photos, ni lettres de ce temps-là et tu es, – avec moi, que je ne crois pas, – le seul témoin que je rencontrerai jamais.

Cher Pavel,

Comment tu étais fait ? Te rappelles-tu ce bal masqué où Julia von Lilienkron me confia son collier pour une semaine. Ce soir-là je revins seul ; ce collier, à moi, me donnait l'humeur vagabonde ; j'avais un peu pressé Julia sur mon cœur, et pendant qu'elle dansait ses pyrrhiques avec la marque imprimée de toutes ses perles autour de sa gorge comme si on l'avait retirée à temps, par ses pieds nus, déjà mordillée, de la mâchoire d'un monstre, je longeai l'Isaar, les balustrades du Maximilianeum, et tout chemin enfin qui me laissait un côté libre. Je rentrai ; je déposai le collier sur mon bureau, dans une boîte de verre. La lune l'inondait, jamais collier en pension ne fut nourri aussi abondamment. Je me mis à écrire ; la boîte était à la place de l'encrier, dès que je cherchais de l'encre, ma plume s'y heurtait. J'écrivis ton portrait, le dos à la fenêtre ; du café Stéfanie sortaient peu à peu les habitués, Wedekind et sa femme, et j'entendais plus clairement la voix de sa femme, car il la portait toujours à califourchon sur son dos ; Kurt Eisner, qui soufflait pour le nettoyer dans son fume-cigarettes jusqu'à ce qu'il sifflât ; – parfois, les jours de grande fumerie, je n'entendais le sifflet que de très loin, près de l'Académie ; Max Halbe avec Lili Marberg, et j'entendais tout près la voix du gros Halbe comme si cette fois c'était Lili qui le portait sur ses épaules. J'écrivais lentement ; pour chaque phrase sur toi, je devais céder ainsi tout un écrivain bavarois, parfois avec son supplément femelle. J'écrivais le prologue d'un roman appelé *Pavel et Régina*.

« Pavel, disait à peu près le premier chapitre, Pavel ne pardonnait jamais une phrase méchante prononcée devant lui. Enfant, alors qu'il n'avait point encore le droit de parler à table, si l'un des convives attaquait un absent, il frémissait, ses dents claquaient, il donnait tous les signes que provoque le vrai venin. Ses gouverneurs avaient dû veiller à ne jamais porter de jugements sur ses amis ; on ne condamnait point, on n'exécutait point autour de lui. Les domestiques renvoyés partaient pour cause d'héritages, de noces... Ses maîtres s'habituaient à lui parler sans rigueur des défauts, des crimes. Si l'un d'eux décrivait un péché mortel, il surveillait les yeux de Pavel, excusant le péché à la première larme, à la première pression de son âme. Les méchants donc y gagnaient. Des travers intolérables vivaient en paix autour de lui. En somme il avait ses pauvres, mais c'était la vanité, le vol et la luxure (Borel en un mot). Il était curieux de l'entendre discuter l'histoire avec Régina, qui ne voulait connaître des héros et des rois que leur mort, alors que lui ne les connaissait que de leur naissance à une période brumeuse où ils disparaissaient sans périr.

» Pavel était beau. La mode n'y était pour rien, ni son âge. Tous ses portraits d'enfant étaient beaux – ses portraits de vieillesse aussi, sa mère, son grand-père – et Régina ne pouvait éprouver de défiance pour une beauté qu'il portait comme on porte un grand nom. Sa prunelle surtout était si large que Régina n'avait qu'à s'asseoir à peu près en face, pour se servir avec lui, tendrement économe, d'un seul regard.

» Pavel avait des tics. Il touchait ce qu'il admirait. Si l'un de ses amis étrennait une cravate, toute la journée il le tenait par cette laisse même, l'étranglait. Dans les pinacothèques, il arrivait à toucher du doigt, en dépit des gardiens, ses tableaux préférés, d'un geste sûr, comme s'ils avaient vraiment un point sensible. Régina redoutait qu'on fît devant lui l'éloge de ses cheveux, ou de ses bottines, car il arrivait aussitôt et les touchait. Le pianiste qui jouait du Mozart avait toutes les peines à l'empêcher de taper sur la note qui lui avait plu dans la précédente phrase, et, ses mains occupées, défendait le piano des épaules ou des avant-bras.

» Pavel était généreux; il passait les journées à maintenir l'équilibre entre les prévenances du monde et ses réponses. Il était peu d'oiseaux qu'il n'eût suivis des yeux jusqu'à ce qu'ils disparussent, m'empêchant de parler; peu de petits Turcs bossus rêvant sur les ponts de l'Isaar près desquels il ne se fût accoudé une minute, une seconde s'il était pressé, composant malgré lui son corps sur le leur, se voûtant; toute forme humaine lui était un moule; ou bien il se libérait des objets en prononçant en français le nom de leur couleur : Rouge ! l'entendis-je un jour crier du haut du Maximilianeum; bleu ! vert ! Et l'écho nous revenait. C'était que Pavel se libérait, non pas d'un perroquet, mais de Munich tout entière, toits, tramways et arbres, et il descendait tout léger... »

Je n'allai pas plus loin cette nuit-là, Pavel. Le jour me surprit, et j'entrai dans ta chambre. Tu venais du bal Goethe, où tu avais figuré en Goethe centenaire. Fauteuils, tables, lit, tout dans ta chambre était jonché des défroques de centenaire, de perruques, de joncs à bec, de culottes puce, de tabatières... Toi, endormi, tu éclatais, tes yeux fermés dans de beaux sourcils neufs : de ce passage dans la vieillesse, il ne te restait qu'un peu de rouge aux joues.

Voilà ton portrait. Voilà ce que je comprenais à tous tes petits Pavlovitch de gestes et de soucis... et moi ?

Cher Jean,

Pourquoi me rappelles-tu mes retours du bal masqué ? Pourquoi étions-nous ces jours-là, sous nos loups, si graves ? Pourquoi ne me semble-t-il avoir porté les vérités de notre enfance que sous ces déguisements ? Les balayeuses à jupon vert sous leur chapeau à queue de chamois arrosaient déjà à flots le macadam; les becs de gaz se reflétaient sur le dernier fond des rues inondées et, dans l'avenue des Théatins, copiée sur Venise, nous paraissions marcher sur les eaux. Un vieux professeur rentrait à la dérobée, et ses lunettes flamboyaient tout à coup – comme les yeux de chats qu'effraie la nuit une auto. A travers les jardins royaux et les places semées de palais grecs, byzantins, florentins, qui semblaient, eux aussi, déguisés pour la nuit, nous rentrions sous ces masques que nous dictait je ne sais quel indéfinissable contraste ; toi en pâtre suisse et moi en Bettina Brentano ; toi en Agamemnon et moi en bouc de Goya ; ou simple échange, toi en Russe et moi en Breton ; chacun agrippé à l'arme ou au bâton de l'autre, et nous avions tous les silences, tous les attachements et les éloignements subits que peuvent avoir entre eux les gens qui se tiennent par des épées ou par des thyrses. Des mandolines résonnaient au loin, étouffées, car il gelait et les musiciens pour rentrer avaient mis leur gants. Quand la sentinelle du duc Carl Théodor avait le pantalon noir des Prussiens, nous criions : Vive la Bavière ! et nous nous sauvions, enjambant les tuyaux d'arrosage en soulevant nos manteaux et nos traînes, comme des dames...

Ou bien tu parlais, avec tes mots français si purs. Je te prenais le bras, car on ne pense jamais mieux à toi que si l'on te prend et te serre. Je me disais que douce est la certitude de posséder un ami qui, devant la mort, devant le mal, devant un supplice honteux, se plaindrait dans un langage noble, ne pourrait appeler à son secours que les dieux honnêtes, les hommes honnêtes. Jamais un juron dans ton langage ; tu donnais je ne sais quel bonheur aux noms propres et c'est depuis toi qu'ils me laissent dans la bouche leur sens ancien, comme un noyau. Aussi je ne m'étonnais pas de te voir inspirer tant de confidences ; moi, je n'avais pas de pensées secrètes, mais tous mes mouvements secrets arrivaient près de toi à ma surface. Si souvent quand j'entrais dans ta chambre, un visiteur ou une visiteuse se taisait brusquement, tendait une main vive vers son chapeau ou son pardessus, comme si je l'avais surpris nu : il venait de mettre en gage un secret. Dès lors, entre vous deux, se jouait une intrigue qu'il ne soupçonnait pas toujours. En toi le secret grandissait, tu savais par des phrases hostiles le défendre contre son maître, quand il avait démérité. S'il le négligeait, l'oubliait, cela allait mieux encore ; tu l'adoptais pour toi-même. J'étais irrité de te voir accepter sans choix tous ces dépôts ; de te voir parler avec complaisance à des imbéciles, à des inconnus, comme si tu supposais à leurs actes vulgaires une raison. En chaque indifférent, en chaque médiocre, tu respectais un secret possible, et, moi, tu semblais me juger non d'après ce visage, que toi-même disais franc, non par mon langage un peu simple, ou par ces douze aventures de ma vie qui me rapportèrent douze marks, mais par quelque qualité étrange, que tu finirais bien un jour par connaître, et qui était la clef de cette clarté, de cette simplicité... Ne t'en prends qu'à toi, alors que ma mère était russe, si je t'ai avoué qu'elle était persane – un jour à Tegernsee où tu semblais chercher des ombres sur mon visage et où j'avais honte de ma peau blanche, – ce jour-là où la kronprinzessin voulut jouer avec nous au tennis, et où nous relancions la balle doucement, doucement, car elle portait un fils.

C'est ainsi que s'écoula la première veille. Déjà les blessés endormis sur leur côté droit se tournaient péniblement sur le gauche, sur le cœur, et commençaient la part inspirée de leur nuit. C'est ainsi que nous oubliions tous deux de nous parler de la guerre, et des seize ans passés. Chacun interrogeait avidement ce miroir inespéré qui lui renvoyait son image, un miroir ami, une image jeune. Et les réponses nous perçaient ou caressaient comme un feu de lentille. Tous deux vêtus à nouveau de chemises raides de lycéen, tous deux anonymes, rasés de frais, épurés aussi par le mal, nous étions aussi nets et miroitants qu'il faut l'être pour se renvoyer des souvenirs. A ce monde, à ce présent nous appartenions aussi peu que possible, et l'on entendait juste les bruits que fait la terre, quand le temps suspend son cours : les vraies glaces sur les commodes craquer, les infirmiers américains poser des tasses sur le pavé du couloir, les infirmières les écraser... Dans ce même lit où les enfants berrichons ambitieux s'étendent tout droits et dorment tendus sur je ne sais quel méridien, voilà que nous retrouvions, cette fois, le passé ; un passé que nous nous entendions à ne pas détruire, à garder intact en ne prononçant pas le nom d'un nouvel ami, à ne pas décolorer en disant le nom d'une nouvelle ville ; en n'y mêlant rien des seize autres années ; en craignant toute nouvelle de nous-mêmes, comme si elle dût être décevante, comme s'il était évident qu'en vieillissant on démérite ; comme s'il était la règle que deux jeunes gens impétueux et parfaits devinssent, une fois écoulés dix ans de paix et six ans de guerre, des hommes paresseux et des lâches...

Minuit sonna. La grande horloge de l'hôpital était entre nos deux chambres. Chacun, effleuré par une onde différente, par une caresse autre du temps, se sentit soudain d'un autre âge que l'autre. Un long moment les infirmiers nous abandonnèrent, car c'était leur relève. Nous attendions, énervés, comme deux amis au téléphone dans un danger quand la demoiselle coupe le fil. Il y avait aussi à lutter contre le sommeil ; je m'endormis ; une minute, comme si la téléphoniste s'était trompée, j'eus à parler avec un enfant situé juste aux

Antipodes, dont le bras s'allongeait vers moi, s'allongeait, un peu coudé naturellement pour épouser la courbe de la terre ; puis, cette fois la téléphoniste s'était trompée de plusieurs chiffres, avec moi-même général entrant dans Munich ; j'étais nu-tête ; sans qu'il y eût aucun étendard autour de moi, j'avais le visage martelé, martelé, comme quand j'étais soldat près du porte-drapeau et que le vent me poussait dans les joues les franges de métal ; vingt filles munichoises, leurs coques sur les oreilles, inclinaient jusqu'à terre leurs têtes pâles, pâles, et, comme elles restaient courbées une minute, les relevaient rouges, rouges...

Mais jamais ami ne fut réveillé plus doucement ; l'envoyé de Pavel était maintenant une infirmière ; de sa main elle ouvrit elle-même mes yeux, jamais téléphoniste ne redonna plus tendrement un fil. Digne de Jackson-City, sa patrie, seule ville du monde où la place publique soit entourée de sept temples pour les sept modes d'amitié, Miss Daniels s'amusa de notre aventure et s'y engagea comme esclave ; elle promit de nous empêcher de dormir ; par des tisanes, par du rhum, nous drogua comme des coureurs, et prit sur elle, voyant ma soif, d'ouvrir une bouteille de champagne. Le bouchon sauta ; réveillé par ce bruit qui, dans les hôpitaux annonce une mort prochaine, derrière le paravent mon voisin se retourna soudain, se retourna, comme un dormeur derrière le bouclier de tranchée sur lequel une balle ricoche... Mais toute femme, mais une Américaine même, est trop faible, trop curieuse, pour maintenir à leur distance deux âmes d'hommes qui s'appellent et s'évitent. Miss Daniels me regarda, et en se penchant, pour tout rapporter à Pavel ; elle toucha mes cheveux, mon poignet, regarda ma feuille de fièvre. Pavel sut que je n'étais pas chauve, il sut combien de fois mes artères battaient par minute et, à un dixième près, ma chaleur ; elle apporta des fleurs, remua quelques meubles, installa dans la chambre je ne sais quelle ressemblance avec la chambre de Pavel. Elle découvrit le Natoire, le déroula, disparut avec lui, et au retour étendit près de moi, sur mon lit même, tout gonflés encore d'air et s'affaissant comme arrachés à un fantôme, les habits de Pavel.

Un uniforme lamentable. Un vieux pantalon, avec une jambe coupée, avec des pièces neuves comme on en met aux panneaux dans les cibles, et l'on devinait maintenant que Pavel les Allemands le visaient aux jambes. Une capote un peu plus neuve, mais délabrée aux coudes : la guerre usait les vêtements de Pavel aux mêmes places que la pension Kissling. Pavel sans doute au combat s'accoudait, comme sur la fenêtre à vitraux de Schwabing, prenait sa tête dans ses mains. Quand Miss Daniels fut partie, je fouillai cet uniforme, ainsi que je le faisais parfois d'un tué, devant les lignes, la nuit, m'étendant contre la mort, parallèle, caché par lui – et quand une douleur traversait mon côté droit, m'arrêtant une minute, rigide et la main soudain immobile dans une de ses poches, comme autrefois quand une balle passait dans le voisinage. Il s'agissait, il s'agissait justement d'identifier Pavel.

C'était peut-être Pavel. Mais rien, comme d'ailleurs jadis dans ses vestons, qui aidât à le reconnaître. Il déchirait ses lettres dès qu'il les avait lues, ses photographies dès qu'il les avait vues et c'est encore dans la glace qu'il se regardait le plus longuement. Rien qu'on n'ait pu trouver dans la poche du premier tué venu ; à part justement un petit miroir cerclé d'or, tout ce que contiennent les poches d'un soldat : du côté droit, ce dont on a besoin à chaque heure, ce qu'on atteint facilement, un porte-monnaie décousu dont on pouvait obtenir les sous en le secouant comme une tirelire ; un gros couteau de l'armée suisse, pays où l'on mange ; un mouchoir tout rouillé, rouge et vert, à dessins anglais, pays des rhumes ; du côté gauche, ce qui n'est nécessaire que toutes les semaines, tous les mois : un jeune porte-monnaie en cuir violet, un petit couteau damasquiné de l'armée norvégienne, pays où l'on sculpte, un mouchoir de pur fil, celui que l'on garde pour la blessure ou pour une rencontre, gris sur les deux faces, mais à l'intérieur tout blanc comme un livre. J'étais ému de voir Pavel croire encore, comme un simple soldat, malgré l'âge, malgré la guerre, que tout objet a deux buts – couteau ou bourse – orner, servir. Le tout saupoudré de ces grosses miettes de pain, si dures, de ces fragments de chocolat, de ces graines de riz, qui font que des moineaux se mêlent aux corbeaux pour picorer les cadavres. Le tout mélangé de ces correspondances du tramway Montparnasse, de ces bonnes aventures données par des sourds-muets et disant, au-dessous d'un dessin de taureau : Votre caractère est affable... si tristes quand on les retrouve dans sa poche à l'étranger, plus tristes encore dans les goussets des morts. Il manquait seulement le livret militaire, que Pavel avait dû déchirer le jour de la mobilisation après y avoir contrôlé soigneusement ses noms et s'il savait nager. Tous ces objets enfin qui, sur mon lit maintenant rassemblés, paraissaient les rouages d'une horloge démontée, et que je remis chacun dans la poche exacte, bon horloger après quatre ans, sans qu'il m'en restât un seul inutile et mystérieux. Cher Pavel, anonyme et parfait dans les combats, ainsi que tous, comme une montre !

La lune était couchée ; toutes les lumières étaient

mortes ; il n'y avait plus de clair, dans l'hôpital et dans Châteauroux, car Miss Daniels ne se souciait pas de tomber ou de se heurter, que le court chemin qui menait sinueusement, par des escaliers et par des angles droits, de chacune de nos deux chambres à un ami inaccessible...

Une femme curieuse ne tourne pas en vain autour de deux cerveaux.

— Et dans la vie, qu'as-tu fait ? m'écrivit enfin Pavel.

Car, un peu ivre de champagne, il laissait Miss Daniels faire un trajet pour une seule phrase.

— Rien d'irrémédiable, Pavel. J'ai voyagé... Je ne suis pas marié... Je travaille... En te quittant j'ai préparé plusieurs diplômes en Sorbonne et à Harvard ; il est deux ou trois petits arpents de science et d'art où je détiens, plus qu'aucun homme au monde, la vérité, et où je reçois désormais ceux qui s'y aventurent : la question des salaires agricoles dans l'arrondissement de Lapalisse, les rapports métriques entre les hymnes d'Alamanni et les odes pindariques de Ronsard, avec une annexe sur les rythmes mouvants de Platon ; la distinction dans les dialogues sur l'Amour de Léon Hébreu entre les degrés du demi-cercle et du cercle entier des choses. Voilà les trois petits fonds de la connaissance humaine où je suis le seul à avoir pied... Et toi ?

Miss Daniels courut.

— Je suis comme quand tu m'as connu. J'ai voyagé. Je suis célibataire... Je travaille...

Ainsi, par peur d'être déçus, nous nous entêtions à vouloir rester l'un pour l'autre ce que nous étions autrefois et nous avions toujours ce moyen de nous dire semblables l'un à l'autre. Parler de nos métiers ? Comment supposer qu'ils soient deux métiers égaux, comme nos destins autrefois. Pourquoi prouver à l'un qu'il avait perdu la course ? Du moins, chacun derrière le mot célibataire et le mot travail, nous étions à l'abri... Ou plutôt, je le compris plus tard, chacun craignait peut-être de rencontrer en l'autre un homme mûr, alors que lui-même ne l'était pas. La seule ressemblance entre Pavel et moi était que le sort nous avait désignés, avec peu d'autres, pour une jeunesse vivace, parfaite, que dès dix-sept ans nous avions reconnue, à ce point ménagée et soignée que nos défauts et nos qualités de quinze ans n'étaient pas devenus ceux des hommes, mais de gigantesques défauts et qualités d'enfant... Ou plutôt... Mais de cela je parlerai un autre jour...

— Cher Jean, m'écrivit Pavel, Miss Daniels m'avoue que tu as fouillé mes poches. Il manquait mon portefeuille. Je t'envoie le seul papier qu'il contînt. Il te renseignera mieux sur moi qu'un éphéméride. Mais envoie-moi une lettre du tien – tu en avais toujours cinquante, – au hasard...

La lettre que m'envoyait Pavel était usée aux plis ; il l'avait recollée, à défaut de papier gommé, avec de vrais timbres ; l'enveloppe était rongée sur tout son contour, comme si l'on avait dû ouvrir au coupe-papier les quatre tranches pour l'avoir.

« Pavel, disait la lettre, je vais ruiner en une seule fois tous vos projets, je n'irai pas demain à l'exposition de vos paysages ; je n'irai pas non plus après-demain voir votre marchand de couleurs ; le mois prochain je ne vous épouserai pas ; je n'aurai pas, le jour de mon mariage, une robe dessinée par vous ; je ne m'étendrai pas dans ce lit dont vous aviez fait le plan ; je ne regarderai pas avec vous, d'un balcon, cet horizon de Florence dont vous m'avez, un jour, tracé la ligne au crayon, ni même celui de Rome, plus beau, que vous avez dessiné à l'encre, ni cette troisième ville non plus dont j'ai oublié le nom, la plus belle, à la sépia. Je n'aurai pas constamment d'un de mes objets, d'un de mes enfants, ces croquis qui, pour moi, les redressent et les corrigent, car vous peignez toujours debout et vous êtes plus haut que moi. Je ne cueillerai jamais ces grosses châtaignes de Russie dont vous m'avez dessiné les coques. Je ne verrai plus de peintres... ni vous, ni vos amis. Je vais vivre désormais sans être vue, j'épouse un ingénieur. Quelques fois, de loin en loin, d'un œil fugitif, de votre œil, je regarderai ce que je pourrai voir de moi mes genoux, mes mains... Pardonnez-moi. J'étais déjà fiancée et n'ai pas osé vous le dire... »

Rien n'est varié dans ce bas monde, j'avais juste la même lettre dans ma ceinture...

Mon cher Pavel,

Avec quoi m'écris-tu ? Est-il possible qu'avec un stylo tu réussisses autant de pâtés et d'éclaboussures. Tu dois être le blessé de France qui a le plus de taches d'encre à ses draps.

Ci-joint une lettre...

« Jean, disait la lettre, vous savez maintenant à quoi j'ai employé chaque heure de ma journée. J'y ai fait tenir un enterrement, un baptême, un mariage. Cela ne vaut évidemment pas une mort, une naissance, des aveux. Mais, même caressée à travers des voiles ou des tentures, la vie a son prix et l'on sent tous ses membres. Entre ces cérémonies, car vous ne supposez pas qu'elles aient eu lieu dans la même famille, j'ai pris le temps de songer à vous. Vous avez rendu ma pensée paresseuse, elle ne dépasse plus le premier cercle de mon cœur. J'avais pris dans la voiture, non pas vos derniers vers, mais ce cahier de vos devoirs de classe, quand vous étiez en quatrième. J'adore la narration du petit naufragé, quand le jeune tigre est devenu une accorte tigresse et s'entend enfin avec le chien. J'adore le discours de Thémistocle aux trirèmes, lorsqu'il déclare faire plus de cas de sa mère la Carienne que de la belle Léocratida. Il est de la fin de juillet, il a toute la vieillesse, l'expérience, toute la sagesse de la quatrième. Il dédaigne les prosopopées, si éclatantes dans vos devoirs de janvier; les transitions par des phrases sur la nature, si neuves au trimestre de la Toussaint. Vous avez eu la jeunesse et le déclin de chaque année d'enfant, vous l'aurez de chaque âge. Vous êtes au fond le seul homme que j'aie jamais vu, le seul qui me semble à la fois achevé et périssable. Jamais plus vous ne serez redistribué aux éléments; vous voulez bien, n'est-ce pas, que je profite, autant que je le peux, avec un peu de désespoir, de votre dernière vie?... De notre dernier mois aussi, car – le saviez-vous – je me marie à Pâques. »

C'est ainsi, par hasard, mais par la main à chacun la plus douce et amère, que le métier de chacun fut révélé. Le même, au fond, pour tous les deux. Je suis certes le poète qui ressemble le plus à un peintre. Je ne peux écrire qu'au milieu des champs; trouver des rimes qu'en voyant des objets semblables; atteindre le mot qui fuit que si un homme fait un geste, que si un arbre s'incline. D'un index qui laisse les autres doigts tenir la plume, je dessine dans l'air, avant qu'elle ait sa vraie forme, chaque phrase; j'écris malgré moi le nom de chacun de mes amis avec son écriture même, et mes manuscrits semblent pleins de leurs signatures; les jours où il pleut, je me sens libre de mon métier comme les aviateurs, comme les peintres; j'écris devant les femmes comme devant un modèle; pas un mot sur elles que j'aie trouvé à plus de cinq mètres d'elles. Maintenant même, dans cette chambre dont on emportait le paravent, car le vent de la mort, c'était bientôt l'aurore, devait souffler dans une chambre voisine, j'écrivais à Pavel les yeux fixés sur mon voisin endormi. Il respirait régulièrement, et ces deux gros poumons attisaient mon cœur. Il se découvrait soudain la poitrine, je voyais une poitrine semblable à toutes les autres, des épaules semblables à toutes les épaules, il devenait soudain mystérieux, anonyme, et c'était comme si un modèle se voile le visage. Il ridait son front une seconde, et c'était comme si un modèle prend son rouge sans y penser et, sans qu'il s'en doute, s'ajoute une couleur ; et dès que Miss Daniels était là, les mots ne me venaient plus, comme les teintes à celui qui peint entre deux lampes.

Pavel parut moins satisfait que moi. Il avait bu presque à lui seul la seconde bouteille de champagne et cela aussi expliquait son agitation.

— Ah ! tu es poète ? m'écrivit-il. Je ne sais si j'en suis heureux ou déçu. Tous les camarades que j'ai laissés étudiants en droit, en pharmacie, en histoire, un sort veut que je les retrouve en architectes, en sculpteurs, en graveurs. A la seconde rencontre, leur métier est moins matériel encore, ils sont musiciens, poètes. En quel élément seront-ils à la troisième ? Mes amis ne vieillissent pas, ils s'évaporent ! Si j'aperçois dans un salon une brave tête de banquier, de secrétaire d'ambassade, à mesure que j'avance vers elle, ses yeux se voilent, son menton s'allonge, et j'apprends que c'est une tête de peintre, de médailler. Je parle à mon voisin de table, c'est un orateur célèbre qui me répond. Il y a trop d'écho pour moi dans ce monde. Voilà, mon pauvre Jean, que tu m'obliges aux mêmes précautions ; tu es poète, je suis peintre, que d'histoires ! Notre cœur à tous deux ne s'arrête plus aujourd'hui que sur les cinq ou six mêmes phrases de la musique, sur les cinq ou six mêmes poèmes ; nous nous rencontrons sur une terrasse de plus en plus étroite ; il faut nous saluer maintenant, nous enlacer avec les précautions et la mathématique de deux acrobates qui se retrouvent, après vingt ans, au faîte d'une flèche de tour... D'ailleurs je me console de ne pouvoir les approcher, les hommes... Tant pis !

Car enfin tu les as vus ? Nous avons beau jouer à reprendre notre âge blanc de Munich, tu as appris depuis comment ils sont faits, hein ? tu les as vus ? Tu as vu ces tristes méplats de leurs tempes, ces joues de pierre ponce, usées comme s'ils passaient leur vie, depuis leur naissance, à se frotter à d'autres méplats, à d'autres joues ? Du haut du tramway, tu les as vus pousser leurs jambes de droite et de gauche, dès qu'une goutte de pluie les effleure, comme le protozoaire qu'un doigt d'homme a touché ? Tu as vu leur ardeur, leurs salutations mutuelles, dès qu'ils se mettent à vingt dans un bureau de poste pour retrouver une pièce de dix sous égarée par la vieille dame sous une plaque de guichet, et ces joies quand on la retrouve ? Tu as vu les groupes d'orateurs bruns, semblables à des corbeaux mouillés, du jardin Bourdon surveiller le pont de la Concorde ! Tu as vu de grands omnibus combles de facteurs remonter la rue de Rennes, et redescendre, inexplicable relève, combles d'externes de Stanislas ! Tu as vu les trains de banlieue escaladés par des milliers d'innommables jaquettes, fendues en deux pans que le vent écarte, tristes coccinelles attirées par Chatou ! Tu as vu les quarts d'agent de change revenir de leur sixième de chasse, tout fiers, avec un merle et un écureuil entiers ! Tu as vu les chefs de bureau sortir du ministère des Finances, faussement neufs, invraisemblablement soustraits à la dignité d'homme, avec un teint rose que semble toucher pour la première fois l'air de la rue, fragiles comme une pendule qui se promène sans son globe ! Tu as vu ceux qui ont l'index plat à force de mettre leurs souliers sans corne à chaussure, ceux qui ne savent que faire de leurs mains, de leurs pieds, – qui voudraient être des boules, – qui les cachent dans leurs poches ou qui les poussent dans l'ombre, comme les mauvais peintres les mains de leurs personnages ! A l'enterrement de sa fille chérie, tu l'as vu, avant le défilé, le père, une minute droit et digne comme une statue, dos à la sacristie... droit et fier... puis le premier gagnant de la course des condoléances l'atteint, comme l'eau lâchée sur un moulin, et dès lors, il se baisse indignement et se relève sans arrêt ! Tu as vu les maîtres de forges, entrant dans leur chapelle, faire un signe de croix précis, et les quatre vis qui maintiennent le visage et la poitrine des maîtres de forges contre leur cœur sont resserrées pour une semaine ! Tu as vu les bugles dans *Tristan,* qui soufflent une note tout d'un coup, qui sont un peu plus rouges en reposant leur bugle, comme par pudeur, les tristes bugles, comme un enfant qui a dans un salon voulu dire son mot sur *Yseult !* Tu as vu les violoncellistes, décharnés et coudés comme une mère débarrassée de la veille d'un fils, qui discutent avec de grands gestes, qui hurlent, et c'est qu'ils sont du même avis ! Tu as vu les spécialistes droguistes à Versailles, à Maisons, se placer juste en face d'un palais Louis XV, Louis XIV, et les ajuster à leur vue comme un vérascope : alors les spécialistes droguistes voient tout ! Avant la guerre, tu ne les connaissais que de vue, tous ceux-là, tu ne les avais touchés qu'aux mains, très vite, mais depuis quatre ans tu les soulèves, tu les pèses. Tu les connais maintenant comme tu connaissais les femmes ! Pas une part de toi qui n'ait touché un homme, tu as dormi contre le ventre d'un mineur, ta tête dans des granges a été prise entre le dos d'un chocolatier et les genoux d'un notaire ; tu connais leur poids, et le poids aussi d'un bras ou d'un pied seul séparé d'eux... Eh bien ?

Au revoir, mon cher petit Jean. Les coqs chantent. Des volets s'ouvrent. J'entends une seconde par la fenêtre ces gémissements du voisin que j'entends le jour par la porte. Miss Daniels éteint notre chemin lumineux, et chaque commutateur craque comme si elle écrasait un gros insecte flamboyant. Les amis que j'ai eus depuis notre départ ? Pourquoi te les nommer ? La plupart sont tués maintenant, et seront désormais étendus entre nous, les pieds vers Munich, la tête vers Châteauroux. Mes amies ? Te dire que le mot Pavel a été lié syllabe par syllabe, des années, des mois, au mot Gilbert Duval-Clauchin, au mot Ethel Smith, au mot Renée Baquot ? Les Allemands ? La guerre ? Quels Allemands ? Quelle guerre ? Non. J'ai à te dire, tout au plus, les deux premières phrases échangées avec celle dont tu as lu la lettre.

— Comme vous avez l'air belle, Irène !

— Il vous plaît à penser, petit Pavel.

J'ai à te dire que je remue toujours le petit doigt en écrivant, mais que je ne fais plus craquer mes poignets. Que j'ai toujours ma manie de citer le mot de Bierbaum : « la vie est un marais », et de voir les hommes peu à peu s'enlisant ; d'expliquer qu'ils mettent des lorgnons, des monocles pour que le sable n'entre pas dans leurs yeux, qu'ils lisent Baudelaire, Dostoïevski, pour mieux serrer les mâchoires ; qu'ils vont en auto pour sentir au-dessous d'eux enfin un sol de bois... et toutes les mêmes stupides plaisanteries, et d'ailleurs c'est vrai. Que j'ai toujours ma manie, le soir, en me couchant, dès que je ferme les yeux, de voir mon immense tunnel. Tu me questionnais de ton lit. Des armées s'y engouffraient dont je te donnais le chiffre exact : 3 millions 561.000, 4 milliards 21. Des troupes d'oiseaux en sortaient, se heurtaient, oiseau par oiseau, contre d'autres vols qui arrivaient, et tombaient morts... Une lueur blanche apparaissait parfois au fond du tube, et devenait une fumée, une ville grecque, un jour, tu te rappelles, une licorne... Que le mot licorne est sonore dans un dortoir !

Au revoir, Jean. Mon électricité brûle toujours, mais déjà ma veilleuse est éteinte : notre veille est finie. Demain soir, par le tunnel, comme le jour où l'on nous avait mis dans deux cours différentes, et où je regardais dans la tienne par un trou de la porte, je ne verrai que ton œil. On me lève. Je vais remettre cette capote que tu as fouillée, ce pantalon avec sa jambe invisible. Ecris-moi encore puisque tu ne te lèves pas. Miss Daniels veut t'amener mon chien. Lui aussi c'est Yourf. Appelle-le par son nom, il croira t'avoir vu et te reconnaîtra. Adieu. Je pars pour la Russie dès ma guérison. Mais nous nous reverrons peut-être à mon retour, si je reviens... au printemps (quand la paix tue la guerre !).

... C'est ainsi que se termina cette nuit, où, plus fortunés que les autres amis au monde, nous n'appartenions point à la race de ceux qui usent de timbres, de tubes postaux, de récepteurs, mais à celle qui correspond par les mains d'Annamites dévoués, d'Américaines. Tout ce qui était de notre amitié en ce monde était assemblé autour de nous ; aucune lettre de l'un à l'autre ne circulait bassement dans des boîtes, pas de passants pour nous bousculer nous-mêmes. Nous avions, en ce qui concernait notre affaire Jean-Pavel, tout liquidé, tout terminé avec le monde ; et un écheveau de taille moyenne, un signe de l'infini à peine plus grand que celui dont se servent au tableau les polytechniciens de seconde année, eût pu nous contenir tous les deux. Ce fut Yourf qui le traça ; il aboya tout autour de mon lit ; Pavel l'entendit aboyer...

Cher Pavel,

Il fait presque jour. Mon Annamite reprend dans l'escalier le dialogue qu'il a chaque matin avec le veilleur soudanais. L'Afrique dans l'hôpital cède le pas à l'Asie. Les moineaux se réveillent dans leurs nids sous les volets qu'on ne ferme jamais ; mes murs sont bourrés de leurs cris. Le train de Montauban est passé ; tu l'as entendu siffler ; c'est que le vent vient de l'est, c'est qu'il est 4 h 11 et qu'il fera beau.

Je me hâte de t'écrire ce que j'ai oublié : je suis allé dans ton pays. On m'a confisqué à la douane, à Alexandrovo, un jeu de cartes espagnoles, un Boedeker d'Italie, on y a dévoilé une haine terrible pour mes frères des péninsules, mais on m'a laissé passer. J'ai vu Pétersbourg, Moscou ; j'ai vu dans le hall de mon hôtel, une petite fille russe assise au pied de l'aquarium où nageaient les sterlets, comme je lui souriais, se réfugier derrière et me faire à travers l'eau vive toutes les grimaces des sirènes. J'ai vu Kiev, j'habitais le palais Potemkine, en stuck rouge, crème et or ; je téléphonais souvent dans un cabinet vert pomme et jaune situé sous le grand escalier ; quand je sortais, la porte froissait les feuilles d'un palmier, c'était le bruit, à s'y tromper, d'une robe de soie qui tombe, et il y avait en effet, chaque fois je m'y laissai prendre, une statue de Diane devant moi. J'ai vu des moujicks, ils riaient, et dans chacun de leurs deux yeux mon image dansait sur un petit bûcher. J'ai vu ton été russe, le ciel si bleu, la verdure repeinte supportée par de grands fûts gantés de cuir blanc ; mille chevaux aimables à double poitrail, lustrés et bondissants, semblables à des femmes. Dans la mer Noire (la nuit si bleue) j'ai voyagé sur le croiseur *Askold*, qui avait deux fois contourné le monde et à chaque escale acheté une tortue, petite ou gigantesque. Elles habitaient le pont, et dans les tempêtes on les entendait rouler d'un bord à l'autre. Te rappelles-tu la vitrine de Kissling, que nous avions aménagée et que nous appelions le Musée Franco-Russe, où nous rassemblions des oiseaux empaillés, des nids, des œufs percés, comme si certaines races d'animaux prospéraient de l'amitié de deux nations, et que l'union franco-russe fût salutaire aux oiseaux ? C'était devant Brest-Litovsk, j'ai donc vu au Caucase des corbeaux dodus, des hérons avec un rat arrêté dans leur cou, des aigles gras à lard. A mon dernier régiment, le colombophile aussi était russe. Tu sais le devoir des colombophiles ; ils ont à maltraiter et à affamer les pigeons et les chiens de liaison, pour qu'ils retournent plus vite là où l'on gave et caresse. Un jour ses deux chiens furent blessés. Il resta toute la nuit à les soigner, à les flatter. Les chiens relevaient la tête, remuaient la queue, pensaient désolés : Nous mourons le jour où les hommes deviennent bons !... Lui aussi fut tué le lendemain... Vivent les chiens allemands ! Vive la Russie !

Miss Daniels m'arrache ma lettre, à bas Miss Daniels ! Adieu !

C'était l'aube. Par le tulle de mes rideaux, un aigre jour était pris et pressé comme un caillé. Depuis une minute à peine il était né, le jour, et déjà dans la rue les hommes se hâtaient. Des cailloux roulaient, des jurons, l'homme grattait à nouveau sa pauvre planète, sa pauvre âme. Un clairon sonnait dans la caserne, une cloche dans la pension, soldats et jeunes filles également peureux d'une journée nouvelle, pour calmer leur âme des autres âmes soudain si différente, pour devenir vite semblables à tous, passaient vite, seul remède, leurs uniformes. Puis on entendit les coups de bâtons des laitiers sur la peau de leurs ânes. Un bruit de scarabée qui vole annonçait chaque bicyclette. Des hirondelles gazouillaient sans répit sur le fil du télégraphe, et le courant du matin, avec ses mots de joie ou de deuil, devait traverser vingt jeunes grasses hirondelles, Puis, pendant dix secondes à peine, erreur d'un jour si jeune, une ondée ; dans les gazons, sur les sauges la liqueur du matin fut lavée ; des sabots tapèrent le trottoir ; sur le toit plat de la maison du général Bertrand (construite, colonne par colonne, fronton par fronton, d'après celle qu'il habitait à Sainte-Hélène et qui jamais ne reçut une goutte de pluie), les gouttes crépitèrent ; les gommiers, les caroubiers, les baliviers, toutes les boutures rapportées de là-bas par le bel Arthur avec le corps de Napoléon, furent soudain vernissés comme dans les gravures. Qu'il eût aimé recevoir cette averse, lui justement, Napoléon, qui épiait en vain chaque nuage et toute la première année d'exil tendait la main, croyant recevoir une goutte, comme pour qu'un aigle revînt s'y poser !... Elle cessa soudain. Les ânes abandonnés contre le trottoir laissèrent en repartant au-dessous d'eux leur image sèche. Puis le coq chanta ; une eau pénétra la terre, mélange d'eau et de rosée. Puis un rayon traversa ma chambre, enveloppant mon lit sans me toucher, ainsi que le fait la foudre, mais je pouvais l'atteindre de la main. Puis j'entendis une automobile arriver, appeler de trois coups de trompe, comme les dames qui viennent prendre un jeune romancier pour une promenade... Puis des murmures indistincts... Puis aboya un chien, de qui du moins je reconnus la voix... puis le sable crissa, l'automobile froissa des buis, des fusains... Pavel était parti.

Alors, mon infirmière de la veille entra, toute fraîche, un peu humide, car elle avait reçu l'ondée, elle cria à mon voisin (car elle avait soigné des Zélandais à Bapaume) :

— Hope of a bright day, of a sweet day !

— Day ! hurla le voisin, ouvrant la bouche avant les yeux.

Et le Jour, et Day, naquit...

C'est aujourd'hui ma première sortie de l'hôpital. Je pars ce soir pour Paris. J'ai dit que je prendrais le train de cinq heures, je prendrai celui de neuf. J'ai quatre heures, j'ai un sixième de jour pour revoir la ville où j'ai passé six ans. Ma valise est dans un café près de la gare, mais je porte le Falconnet et le Natoire, j'évite chaque bousculade, je laisse une marque à chaque maison, chaque passant, je tourne avec autant de précaution autour des places et des statues de Châteauroux qu'autour des souvenirs leurs images. J'achète des cartes postales. J'achète *l'Avenir de l'Indre*. (Vous qui me lisez, prenez garde. Vous savez ce qui arrive quand je débute ainsi par petites phrases... Vous savez qu'en moi s'agite ce vocatif que mes maîtres de grec m'ont transmis et qui vit en moi comme un asthme, que le moment n'est pas loin où je vais adresser la parole à un arbre même, à un passant, à une ville... Je me contiens... je me contiens...)

O Châteauroux, ville la plus laide de France, ô cher passant si laid aussi, ô tilleuls sur lesquels sont gravés les premiers prénoms que j'aie jamais entendus, ô mur derrière ce terrain vague, mur si banal, et que je reconnaîtrais en Chine ! O Châteauroux, pour la première fois je connais de toi d'autres rues que celle qui te traverse de bout en bout, la seule que nous suivions pour les promenades. Je prends toutes tes rues transversales, je te bouscule, je te décoiffe, je t'aime, comme une chevelure où la raie toujours fut au milieu et dont enfin l'on se venge en riant. Tout ce que l'on me défendit enfant, je me l'accorde. La rue Descente-de-Ville, je la remonte. J'entre au Musée voir le chien empaillé de Napoléon, toucher la Chanson de Rolland. Je tire enfin au clair tous les secrets qui m'intriguèrent pendant six ans. La rue du Gué-aux-Chevaux aboutit bien à un gué ; la rue des Clercs aboutit à une planche sur l'eau, à un pêcheur, à une ligne aiguë, en ce moment à une ablette qui se débat ; la rue du Foin à des laveuses ; et j'apprends ainsi où se cachait l'orchestre qui a scandé mes trois mille matins, et ma présence l'arrête pour la première fois une minute... Tout me ramène à l'Indre, chacun de mes secrets n'a que des peupliers pour dernière barrière...

Malgré tout, la Grande-Rue seule m'attire. Sur ce trottoir tous mes pas ont marqué ; voilà que je reprends malgré moi une marche plus courte ou plus longue selon les boutiques ; je dépasse chaque étalage avec le même nombre exact d'enjambées qu'en mes jeudis de lycéen ; nos traces dans ce monde sont le plus lourdes là où nos pas furent le plus légers ; chargé de valises sur tant de continents, chargé du sac et des piquets de tente sur tant de boues, d'un cerveau de plomb dans tant de capitales, je n'ai pu marquer sur cette terre, et ici mes pieds se logent dans leurs antiques moules; et quelle surprise de revoir, plus brillantes qu'alors, ce que je n'attendais que comme un écho, un reflet : ces superbes enseignes! Voici gravés en mots d'or et en lettres rouges, gigantesques, les premiers noms, cette fois, que j'aie entendus et compris, le mot « Bazar », le mot « Préconiseur public », le mot « Primistère » !... Il est six heures. Ce que mon voisin appelle day ou sdar devient rose, devient rouge... Pour la première fois, je vois des lumières s'allumer dans ces boutiques que je n'ai vues que de jour, et il me semble que pour la première fois je ne sais quel âge les touche; ma ville retrouvée va s'évanouir. De la grande terrasse je la surveille, et je surveille aussi, avec cette fin de mort, palpitante (je ne dirai pas si tous ces adjectifs s'adressent à journée ou à jeunesse), ma jeunesse...

Dans ces magasins où pour la première fois je vis les tableaux, le sucre candi, les bijoux, je regarde. Je reconnais la plupart des vendeurs, mais tous ceux qui ont personnifié pour moi les métiers sont maintenant blancs et caducs. Voici que je pénètre dans l'âge où les métiers redeviennent antiques. Voici que les horlogers pour moi ont désormais de grandes barbes de neige, et il ne leur manque qu'une faux. Voici que les libraires pour moi ressemblent aux vieux écrivains, les barbiers aux vieux savants chauves. Voici que les bouchers sont à la fois gonflés de graisse et tout ridés. Voici que les pâtissiers – comme leurs gâteaux sont petits! – s'éloignent de soixante ans de l'âge où ils aimaient les gâteaux. Voici que les pharmaciens vont mourir, regrettés de leurs médecins. Voici l'âge où je rends au temps ceux qui, les premiers, m'ont fourni le pain, les livres, l'heure... Tous leurs noms inscrits sur les vitres des boutiques vont bientôt monter d'une ligne, laisser leur place au nom du successeur, monter comme un rouleau de pianola, et disparaître... Seuls les fruitiers sont jeunes ; seuls ils renaissent à chaque saison ; seules les poires, les pêches, les bananes sont vendues comme autrefois par une toute jeune fille, que le patron embauche à seize ans et loue à dix-sept aux hôtels, et cette fillette, dix-huit fois remplacée, est la seule que je retrouve intacte. La voilà qui me pèse des cerises, sans se douter qu'elle me revend, si fraîche et propre et si vernie (je ne dirai pas si ces adjectifs s'appliquent à jeune fille ou à enfance), mon enfance...

Ainsi tous ces gens ont vécu, travaillé, acheté et vendu à un maigre salaire, fermé le soir dans l'ordre leurs volets, et payé au jour leurs impôts, déroulé le même coupon de drap, allongé sans fin le même lacet, pour soutenir, jusqu'au jour où je reviendrais, le premier décor de ma vie !... Seul l'horloger a changé de trottoir et pris la boutique d'en face ; et cela me gêne un peu, comme un bracelet-montre attaché au mauvais bras... Ainsi la guerre, qui tout ruine, les empêchant de passer à leurs fils et gendres leurs tâches, a, pour mon seul bénéfice, prolongé de cinq ans la vie d'un reflet, d'un écho... Or, aujourd'hui ma jeunesse a juste dix-sept ans, comme les eut mon enfance, le jour où je partis d'ici ; cette tristesse en moi, c'est une mère et une fille, du même âge, qui s'étreignent... Toutes deux d'aujourd'hui m'abandonnent, et me voici soudain, las et incertain, comme tous ceux qui n'ont qu'un jour.

L'Indre est dorée, la rue parallèle à l'Indre est lumineuse : je vais entre ces deux brancards. Qui me poussa, comme ces femmes exilées qui vont sur le premier bateau de leur pays en rade mettre au monde leur fils, qui m'a poussé pour ce second terme, qui me poussera dans dix-sept ans, vers cette ville sans charme et sans parents ?... Enfance, heureuse enfance où le malheur et le bonheur étaient le malheur et le bonheur enfants ; où l'amour, où l'orgueil étaient l'amitié, la tendresse... vertus de mon enfance qui depuis avez changé de sexe, « espoir » que je retrouve « attente », « enthousiasme » que je retrouve « indulgence »... Mais voici, mais voici mon lycée qui me rappelle les trois ou quatre qui n'ont point encore varié : le travail, qui est toujours le travail, qui toujours consiste à voir, au-dessous du papier blanc, filigrane adoré, un palais, un phénix ; l'inspiration, qui est toujours l'inspiration, qui consiste à vivre par bonds, affectueux cinq minutes, cinq minutes haineux, comme si le jour et la nuit, au lieu de se suivre, toutes les cinq minutes alternaient ; l'amitié, qui est toujours, dans un grand pré où elle dort, s'asseoir à la tête de celle que l'on aime, se pencher, voir son visage à rebours ; la nostalgie enfin, qui est toujours cette douce... cette amère... Mais déjà à cette époque je n'en pouvais dire plus sur elle !...

Voici le lycée ! L'avenue qui de la gare y conduit, descend, descend, et les enfants en pleurs, du faîte de leurs dix années heureuses, croyaient déjà redescendre la pente de la vie. Voici le seul logis où les lois de la pesanteur et des fluides sont fausses, où il fallait le jour tous les poètes, tous les savants, le soir toute la nuit pour équilibrer un cœur bien petit et bien vide. Voici la maison où j'ai reçu le monde tout neuf, et les mappemondes seules étaient vieilles, où j'avais un âge qui pour nulle gloire n'était périmé, que tous les grands hommes avaient été forcés d'avoir (12 ans, 13 ans, 15 ans), avant leur premier geste grand ; que je portais avec retenue et fierté comme du génie la virginité même, ou comme un de ses attributs ; et enfin, hélas ! vint l'année où j'eus l'âge de Viala, puis de Bara, puis d'Alexandre ; et la triste vie put commencer. Voici la citadelle qui, du jour où je l'ai quittée, est devenue mon ennemie. Plus d'accès. O lycée, on a verrouillé ta porte d'honneur, gigantesque, qui ne s'ouvre que sur des petits, qui s'ouvre d'un seul battant, comme un livre. Mais on a par bonheur continué le Jardin public tout le long du mur de ronde, comme si l'on supposait que tes anciens élèves viennent le soir ici rôder ; et je tourne autour de toi, avec un Natoire et un Falconnet ; et ce n'est pas à beaucoup près, car tous deux étaient des gens simples et toi-même m'appris leurs noms, les compagnons ce soir qui me chargent le plus. Je tourne autour de toi avec tant de peintres et de lumières, tant de poètes et de chagrins que tu ne connais pas, avec un Manet et un pays nommé Chine, avec un Rimbaud et une ville nommée Kiev... Mais pourquoi, devant toi, chacun de ces noms me donne-t-il, comme un nom de faute, un remords ?...

Rien qui défende un lycée contre l'escalade. Pas de chien. Pas de servantes... Voici la petite brèche par où je m'évadai une nuit pour aller dans la campagne. Je la franchis, je reviens de cette équipée. Voici la cour des petits, que je traverse d'un pas rapide, car elle est sonore et un pas paresseux mettrait tous les surveillants en éveil. Voici la cour des moyens et la porte avec sa fente par laquelle Dago nous passait, de la cour des grands, plus voisine du monde, page déchirée par page déchirée, les poètes défendus, et il fallait ainsi faire injure à son livre pour pouvoir honorer l'auteur ; et voici, donnant sur les cloîtres, prises au fond des arcades bien plâtrées comme les fenêtres des maisons construites en Espagne sous des aqueducs, sous un aqueduc de science, de nuit, les fenêtres de mon étude. Fenêtres si hautes qu'aucun élève ne peut voir la cour ;

percées sur l'étude comme pour observer les enfants, percées des deux côtés pour les observer de dos, de face, suivre sur leur visage dans la même journée tous les progrès de l'ombre et de la science, et d'où personne jamais ne les regarda, si ce n'est cette folle qui s'évadait de Sainte-Catherine pour voir de là son fils, et si ce n'est moi aujourd'hui... Je me hisse, je me penche, je tressaille ; je m'attendais à voir un élève solitaire, un visage unique, ma seule enfance ; j'en vois vingt, j'en vois trente ; et aucun ne me ressemble, et tous il est si clair qu'ils sont moi ; j'ai été celui là-bas qui écrit de la main gauche, j'ai été ce roux qui a un tic au front, j'ai été ces deux indolents qui tracent au tableau, pour abuser le maître, des figures sans rapport avec leurs paroles, un polyèdre en parlant des jeunes filles, un rectangle en parlant des femmes ; j'ai été ce gros à yeux bleus qui prépare sa récitation facultative et confond l'envie de réciter des vers avec l'envie de réciter de la prose... O vitre qui m'offre, vivants, les trente gestes que je n'ai jamais faits, les trente regards que je n'ai jamais eus... ô seul miroir fidèle !

Sept heures et demie ont sonné. Voici ma place devant moi, celle que Rollinat occupa le premier, puis Bernard Naudin, et déjà nous nous disputions pour l'avoir. Elle rend myopes ceux qui l'obtiennent, car elle est au-dessous d'un bec de gaz ; presbytes aussi, et ils voient à travers les murs ; un faux pupitre la surélève. L'enfant qui nous succède lit, les mains dans ses poches, tout droit, et j'admire comme les jeunes générations sont devenues habiles ; de mon temps on lisait en se bouchant les oreilles, on écoutait, on sentait en fermant les yeux ; quand on pensait, on courbait les épaules... Sept heures quarante, les externes surveillés passent dans les cloîtres, avec des murmures et des bruits de relève, leurs corps surveillés tout près d'eux par le maître, leurs ombres du dehors par le censeur ; puis la cohorte des demi-pensionnaires qui ne voient leurs parents qu'à la lumière des lampes, ou le dimanche ; il ne reste plus dans le lycée que ses vrais fidèles et que moi.

La lune alors apparaît ; le vent se lève, les girouettes grincent ; chaque clef de voûte des cloîtres, forée d'une ampoule, illumine et soutient un second cloître de lumière ; les garçons placent à la volée les assiettes sur le marbre des réfectoires. Près du tilleul, au centre de la cour d'honneur, le proviseur et le surveillant général, qui m'ont aimé. Ils n'ont pas changé ; jadis ils me semblaient si vieux et justement ils ont vieilli. C'est la première fois où ils ne me voient pas enfant, et ils me reconnaissent. Pour la première fois, je serre leur main, où jadis la mienne se perdait, d'une main égale. Pour la première fois, quand nous tournons le dos aux cloîtres, mon ombre n'est pas une petite ombre entre les leurs. Pour la première fois je réponds à leurs paroles par des paroles égales, et mes mots ont le poids vérifié par les hommes. De cet enfant dont je suis venu chercher des nouvelles, perdu pour moi – de moi – ils me parlent avec égard, comme de mon fils : il était soigneux de ses livres, il ne mentait pas... Leurs fils à eux aussi sont tués ; toujours graves, toujours vêtus de redingotes, coiffés de chapeaux de soie, ils n'ont pas eu le jour de leur deuil à changer une ride, une cravate. Ils n'ont eu qu'à hocher la tête.

Il est l'heure de regagner l'hôtel. Un coq, si jamais coq s'est trompé c'est ce coq-là, chante... Le proviseur m'accompagne à la porte, il l'ouvre lui-même et me relâche, cette fois en ôtant son chapeau, pour la seconde fois.

— Adieu, mon enfant, me dit-il comme à tous, par habitude.

L'avenue est claire et chaude ; le croissant de la lune est tourné vers la terre et déverse sur Châteauroux seul son éclat ; à droite les tilleuls embaument, à gauche les jasmins... Châteauroux seul est embaumé. Heureux, heureux mon voisin l'adjudant qui n'avait aux saluts et aux souhaits qu'à répondre le dernier mot... Au proviseur disparu, voilà que je répète toute sa phrase, j'y ajoute même une syllabe :

— Mon enfance, adieu !

Entrée à Saverne

Les Français vont entrer dans Saverne le jour de cette année où la première fois il gèle. Le jour où sur le canal tiennent sans foncer juste autant de cailloux qu'il est passé d'écoliers sur la berge. Le jour où la résine des sapins coule blanche ; et, sur tout ce qui a vu ou touché des Allemands, l'hiver pose ses scellés. Les Savernois ce matin ont souffert un peu pour ouvrir les yeux, appuyé pour ouvrir les volets. Sur toutes les péniches immobiles flotte un drapeau français tout neuf, et la France les a saisies, péniches, comme un gel.

Le vent souffle de l'Est, et les fumées fuient le soleil. Le canal n'est plus qu'une tranchée amoureusement comblée de glace. Aucune jamais ne le sera, au jour des réparations, fût-ce de terre américaine, de marbre brésilien, avec ce beau niveau, cette perfection. Aucune ne rendra ainsi, si l'on se penche, le reflet du tué de la guerre qui vous ressemblait le plus. Seules de grandes rides concentriques indiquent çà et là l'âge des eaux. Tout ce que les Allemands en fuite y jetaient cette nuit est resté pris dans la glace. Des fillettes tirent sur de belles pattes d'épaule qui résistent comme celles des soldats allemands que je dégrade dans la rue ; des garçons ont creusé, et pêchent par un trou de grandes lettres de cuivre pour casques ou ceinturons : des W, des triples X, dont ils font, sur le chemin de halage, le mot magique qu'on n'obtient ailleurs qu'en tapant au hasard sur les machines à écrire... Ainsi je suis, par les vergers, sans pouvoir m'arrêter, comme s'il était un ruisseau à grande pente, ce canal immobile.

Autour de Saverne rien ne bouge. Depuis hier, pour mieux se donner aujourd'hui, Saverne s'applique à vivre entre de fausses murailles, – on a même retrouvé une clef des suédois, – et il faut supplier les enfants pour qu'ils courent aux fermes acheter le lait. A chaque entrée de rue, on bâtit une fausse porte (on rentre vite quand la façade en est ornée), et le premier adjoint fait tracer à la craie une fausse frontière, – pour qu'il y ait un quart de seconde précis où le premier soldat français ne soit pas, ne respire pas, n'avance pas, et soudain soit, respire, avance dans Saverne.

Les Français n'entrent que cet après-midi. C'est une chance. Pour la première fois depuis cinq ans on a veillé, on a cousu jusqu'à l'aube, et ils auraient trouvé ce matin tout le monde avec des traits tirés. Mais déjà tout est prêt : les maisons, les chariots portent les énormes cocardes tricolores qu'on voit chez nous aux avions. Parfois traverse la rue en courant une Alsacienne qui s'habille, dont le fichu flotte, dont les bras s'écartent, qui n'a pas encore son nœud noir, qui semble éparse. D'hier sont pavoisés le faîte des clochers, le sommet du Haut Barr, tous les points, m'explique M. Klein, d'où l'on voit Strasbourg ; et tous ceux maintenant, avec des drapeaux à frange d'argent, – le beau bazar, les postes, – d'où l'on devine Paris. En travers de la rue sont tendues d'immenses oriflammes, et certaines sont un peu de biais, soit, par rancune, qu'on veuille éviter le balcon d'un Allemand ; soit, par je ne sais quelle reconnaissance, qu'on donne le fil à tenir à une sirène sculptée dans un pignon. Parfois un drapeau monte tout droit le long d'une muraille, rapide comme si la maison venait d'être atteinte d'une balle en plein centre ; et l'on voit déboucher du fond de la rue, tout heureux, un gendarme français, qui serre les mains, qu'on félicite, comme s'il était le tireur invisible qui vient de faire mouche. Déjà passent à toute minute des autos françaises, des camions, et, au bruit du changement de vitesse, car cela monte, les fillettes et les gamins les submergent. On ne voit plus que la tête du chauffeur sous son casque et ses lunettes, comme un bourdon à miel français sucé par tant de mouches. Il va vite, car s'il veut appuyer sur le frein à pied deux petits genoux lisses lui résistent et le frein à main est un bras de petite fille. Tout l'équipage salue et acclame aux fenêtres les parents, qui sourient mais qui ont peur, comme les parents français quand leurs fils sont soudain emportés, à travers leur petite ville, par une idée au galop.

Je monte et je descends, du tribunal tout rouge, dès le matin touché par le couchant au palais de grès rose, jusqu'au soir coiffé par l'aurore. Déjà l'on me connaît, et les détails de mon costume. Déjà les femmes ne me lancent plus ce regard qui inspecte tous les Français, oblique et rapide, à travers les pans de la capote, pour voir si la culotte est rouge. Déjà les vieux messieurs, qui savent que j'ai à cœur de les saluer le premier, tentent maintenant à dix pas, à quinze pas, de me prévenir. M. Knoepff, de son visage simplifié par le froid, ne peut me faire à chaque rencontre, malgré ses efforts, avec les trois traits qui lui restent, que le même sourire. C'est le maire. C'est lui qui veille à ce que les mots français soient pris ce matin dans leur vrai sens. Il a fait préparer le parc des autos dans un vrai parc, le château d'eau dans le palais. La haie des fillettes, le long du trottoir, est doublée d'une vraie haie de sapins et de ronces ; et tout, dans la ville, l'a compris et l'imite, et les yeux d'enfants sont de vrais yeux, aspirent la bonté, la santé ; et le chien du quartier est un vrai chien ; et les échos de la montagne sont de vrais échos, sont des oiseaux, sont des taches de soleil...

Le vent souffle. Alors les drapeaux et les têtes des femmes s'inclinent d'un coup vers les Vosges. Il ne souffle plus, tout se tait ; alors, autour de la ville gelée, on entend gronder les torrents. Un faux rayon apparaît, et une ombre livide, leur dernière ombre allemande, court et meurt aux pieds des Alsaciens. Puis un vrai rayon, étincelant, se pose sur un seul Savernois, le choisit dans la foule, le désigne comme le plus heureux. Il rit, il flamboie..

Parfois une famille m'arrête, tire de sa poche des portraits, des médailles, me les explique. C'est qu'elle n'habite pas sur la grande rue, c'est qu'elle n'a pas de vitrine pour se déclarer au passage. Heureux ces boutiquiers qui possèdent tout un magasin pour étaler leur âme même : ces cordonniers, qui affichent leur diplôme français de sauvetage, et le portrait du sauvé ; ces épiciers qui encadrent leur acte de naissance de deux gravures où l'on voit le même zouave lutter contre Abd-el-Kader – qui à droite va tuer le zouave, qui à gauche pâlit, succombe ; – ces fruitiers, qui ont monté de la cave cinq bustes de Napoléon, les mêmes, mais de taille inégale et chacun peut ainsi passer pour un Napoléon différent ; ces filles de cafetiers qui ont entrelacé, image plus exacte encore de leurs âmes, des guirlandes aux couleurs verticales avec des guirlandes à couleurs horizontales, semées de nœuds tricolores et d'éclatements. Sur le seuil chacun surveille du coin de l'œil sa médaille, son portrait en légionnaire, comme un saint modeste ses éclatantes reliques et son double divin. Ceux qui n'ont pas de vitrines ont ouvert leur fenêtre et nous saluent, assistés de tous les objets de famille qui signifient Revanche, rangés sur une table près d'eux, de trocadéros en nacre, de turcos qui sont des encriers, et de la première poupée parlante, cassée, mais qui parlait français. Toute cette France qu'ont depuis longtemps recouverte chez nous les décombres de tant d'expositions, tant de tapis chinois, tant de divans et de coussins russes, cette France avec ses armoires à glaces biseautées, ses nègres d'or portant des lampadaires, ses chaises Renaissance, et sur laquelle est revenue dans Paris se poser, comme à la main chaude, la France de Louis XVI avec ses fauteuils et ses peintures grises, on la foule ici sans déblai. Une minute, sous tant de sabots de bois, Saverne rend le son, en plus clair, de Venise ou de Pompéi. Chaque geste, chaque mot d'enfant, dans la foule, me touche comme un mot, comme un geste enfantin d'aïeul ; et chaque être, chaque sentiment ne peut plus guère s'expliquer qu'avec le beau dictionnaire de M. Knoepfl :

On appelle Jeune Fille un être indomptable, avec de grosses chaînes d'or, qui se précipite sur vous et vous embrasse, qui vous prend le bras, et vous entraîne, qui vous donne et vous redonne à ses amies...

On appelle Accueil un frémissement, une frénésie qui vous pousse à rire en voyant M. Knoepfl éternuer, à pleurer en voyant un tambour-major lancer sa canne, à agiter sans arrêt son mouchoir... surtout à n'en pas essuyer ses larmes, sinon ce serait un Adieu.

*
* *

Ce n'est rien...

C'est qu'on vend les premières allumettes de la régie ; il y aura désormais des incendies français, voilà les pompiers dans leurs uniformes du second Empire. C'est qu'on vend les premiers journaux, les premiers depuis celui qui circula l'hiver dernier, qu'on allait lire à tour de rôle, pour n'être pas surpris, dans la montagne, en pleine neige, malgré les rhumes, et les Allemands, qui pressentaient la ruse, regardaient de travers tous ceux qui éternuaient. C'est la bonne amie de Förstner, sans pudeur au bras d'un tringlot qu'un grand jeune homme tente d'avertir, tout rougissant :

— Bonne amie de Förstner, dit-il en la montrant du doigt.

— Excellente amie, répond le tringlot convaincu.

Mais voilà une auto à fanion qui traverse Saverne, à toute allure, caressant d'un coup son échine sensible, comme pour voir si elle frémit encore, comme on le fait pour surprendre les jeunes filles à marier. Puis voilà les trois témoins officiels que Clemenceau dépêche à Saverne. Clemenceau a deviné que Debussy était mort, que Claudel était au Brésil, que Vuillard achevait le portrait d'un immense tilleul, (l'arbre de Noël des peintres, avec une couleur vraie pendue à chaque feuille) ; et pour ne pas les déranger, il envoie les trois premiers petits francs-maçons de son cabinet, et c'est ainsi que les portiers de mairie servent de témoins aux mariages d'amour. Il n'a pas envoyé des muets, qui puissent tout recevoir et garder pour toujours : ce sont des interprètes. Il n'a pas envoyé des aveugles, qui puissent croire à un délire en eux-mêmes et à leur plus grande folie intérieure : ce sont des photographes. Il n'a pas envoyé des cardiaques, qui puissent mourir tout d'un coup, orner la fête : ce sont des gens invulnérables de corps et d'âmes, nulle ride au front, nulle brisque au bras droit.

— Drôle de bête, disent-ils tous trois devant la statue de la Licorne.

On reconnaît un fantassin à ce qu'il appelle son cheval ma bête : ils n'ont jamais monté de licornes. Ils vont, rapprochant de tout leur binocle, cherchant sur chaque visage de vieillard, sur chaque épaule de jeune fille, avec insistance, le signe auquel on reconnaît l'enfant dérobée par des brigands, ne le trouvant jamais. Ils se précipitent vers la librairie allemande, s'attardent sans tact devant la vitrine en forme de four, dont est baissé à demi le tablier de fer, et à l'étalage admirent les couvertures illustrées sur lesquelles on voit tout ce que peut faire une Allemande, brune en linon blanc à raies mauves, écharpe verte, rousse en vert décolleté, écharpe orange, avec un cobra, avec Jack l'éventreur, avec une arlequine noire et blanche. Du moins le moins barbu des trois ressemble à Claudel ! Voilà du moins ce que je souhaitais, les oreilles sourdes, les yeux aveugles de Claudel ! Il m'a adopté, il m'a entraîné ; parfois il s'arrête, brusquement, juste comme Claudel, la ligne de la pensée sur l'axe de la pesanteur ; me regarde, mais s'obstine à ne pas penser et à ne pas me dire :

— O ami, pourquoi nous être introduits en gage dans Saverne ? De quoi nos soldats ont-ils donc à nous délivrer ? Pourquoi, à mesure qu'ils avancent, les précédons-nous d'un jour, et faudra-t-il, délivrés à Saverne, qu'ils nous délivrent dans chaque ville, sinon pour toujours nous serions prisonniers – dans Haguenau aussi, dans Colmar, dans Strasbourg ?

Voilà, mot pour mot, ce qu'il ne me dit pas, et aussitôt le tambour résonne. Un seul tambour, sinistre, voilé,... chacun pense à une armée de fantômes. Mais c'est le tambour de ville qui annonce que les Français sont à cinq cents mètres. Des fillettes s'appuient à nous, chantent *la Marseillaise* en tapant en mesure nos vestons, nos revolvers d'une main à cinq doigts écartés, s'accompagnant sur nous. Clavier muet, le faux Claudel sourit. Des garçons me donnent la main, me la donnent vraiment, pour toujours, la reprenant comme un cadeau les fois où je la leur rends. Le tambour est posé au milieu de la route, près des notables, qui se retiennent pour n'y pas appuyer leur oreille. Voici Saverne assiégée du côté que jamais les Suédois ou les Allemands ne menacèrent ! Tout le long des Vosges on entend maintenant des souffles puissants d'autos, des coups de sirène et de sifflets, une machine trépidante. On entend des câbles qui grincent, des ais qui gémissent ; les Français débarquent de je ne sais quel lointain pays soudain amarré à l'Alsace,... et parfois juste le hennissement du cheval suspendu en l'air par une grue ! Les Français débarquent de ces provinces qui flottent mollement du présent au passé, de l'Aquitaine, de la Saintonge, débarquent du Mexique, de la Syrie, de mille terres tellement plus jalouses et lointaines que ces Etats-Unis de tous pays cousins et limitrophes ; et chaque Savernois, rangé comme à la sortie d'un quai, angoissé, semble attendre non une armée, mais un soldat particulier, un seul soldat : pourvu qu'il vienne ! Chacun dans ce froid, disperse son souffle avec sa main comme devant un miroir, comme s'il s'attendait lui-même. Ah ! que la tâche est facile à ceux qui attendent des Anglais, des Siamois, des Portugais ! Sur tous les chapeaux de soie des notables, et sans qu'ils portent une lampe invisible au-dessus d'eux, joue un cercle lumineux, celui qui tombe de son lumignon, au crépuscule, sur la casquette cirée de l'allumeur de reverbères. M. Knoepfl surveille sa ville, y voyant à des signes aux autres cachés – je suis ses alertes sur son visage – que les Français devraient arriver juste maintenant, – plus maintenant, surtout pas maintenant – maintenant à nouveau, mais vite... vite... Moi, je ne vois que la licorne soudain ensoleillée, qu'un pompier qui a glissé, que le sourd-muet de la ville qui par fierté raye de son ardoise le mot sourd-muet... Mais je sens, comme M. Knoepfl, la dernière minute des quarante-huit ans frémir comme une frange.

Tout à coup cent trompettes grésillent. Les hauts-de-forme disparaissent, mais la même lumière joue sur les crânes chauves. Au-dessus de la foule s'élève soudain, costumé en petits turcos, ce qu'il y a de plus léger en Alsace, ce qui est né depuis la guerre, tous les enfants soudain sans poids... et les trente-huit millions de Français entrent...

Oui, quatre Français entrent, avec des lances, sur de grands chevaux curieux qui dévisagent chaque enfant.

Le faux Claudel est tout blême. il mord ses lèvres ; il détourne ses yeux des miens :

— Ah ! Alsace ! s'obstine-t-il à ne pas me dire, voilà que le monde sur toi noue enfin sa ceinture !

Ah ! ne le sens-tu pas qui roule avec une jeune taille, tes villes pour agrafes !

Ah ! Saverne ! avant de rabattre les deux herses de tes portes sur la belle sangle bleue qui va te pénétrer, tire-la en toi jusqu'à ce que l'Europe en défaille !

*
* *

La France, qu'on a éventrée comme une ville où les tuyaux de plomb ont sauté, – où le bonheur, l'amour n'arrivent plus à chacun par de vastes conduites, et doivent chaque matin se rallumer dans une chambre close comme un feu de bois ; la France, dont les fleuves n'ont plus de repos entre l'étiage et l'inondation ; où, de tant de maux, la température humaine est montée, où l'on a 39 degrés pour un rhume, 40 pour un train manqué, et l'on ne sait quelle inondation aussi rapproche notre tête de l'arche de la vie ; la France, avec ses gares d'où chaque soldat en permission doit pour sortir écarter et bousculer des mères, des épouses, la chair la plus meurtrie et la plus sensible de Paris, qui le retient, qui le rejette, affreuse naissance à chaque retour du front ; avec ses enterrements, dont la vue du moins soulage, car par chaque convoi la terre s'allège d'un témoin de la guerre ; avec ses fêtes meurtries : le 14 juillet attaqué de front par les Allemands, Pâques sans aucune, aucune résurrection, et Noël, qui ressemble à une alerte ; la France sans bonheur licite, et de celui qui saisit une joie tous les amis aussitôt sont tués, s'élèvent, et on le voit seul et honteux, comme le renard voleur avec sa proie quand de lui le troupeau d'oies sauvages s'envole et le dévoile ; la France, avec ses petites villes privées désormais de leurs plaisirs naïfs, de l'épicier qui ressemblait à Fallières, du maire qui ressemblait à Loubet, morts tous deux, étendus côte à côte et qui maintenant se ressemblent tous deux ; avec, dans le couloir de l'hôpital, le balayeur annamite, qui repasse sans cesse la même pensée sur son âme fêlée, et en sort à peu près le chant que tire du piano, quand elle l'essuie, la femme de ménage; avec, devant soi, sur la plateforme du tramway, au grand soleil, pur comme le croissant de l'ongle quand on prête au feu une main mélancolique, la frange blanche d'une veuve; la France intacte qu'on appuie chaque jour sur une France infernale, et que crèvent de toutes parts les cheminées d'usine, et, près d'elles, pauvres écouvillons, les peupliers grillés et sales; la France qu'étirent, de toutes leurs forces, comme un cuir qui se rétrécit, dix mille navires à l'amarre... Voilà que les Savernois l'attendent avec des branches de sapins à la main, comme un cercueil, avec des gourdes de kirsch, comme un noyé. Voilà qu'ils attendent – laissant juste un sentier au milieu de la foule – une file par un de fantômes, de squelettes...

Or,... soudain, ils voient une houle sans terme de grosses faces riantes; sur des chevaux gras et luisants, ils voient d'éclatants cuirassiers; des aspirants tout roses, les joues gonflées comme ceux qui soufflent dans les clairons; des colonels tout ronds, qui semblent chevaucher à reculons quand ils retournent la tête pour sourire aux lieutenants-colonels écarlates. Ils voient des sapeurs aux visages, aux casques polis, tous semblables et tous différents comme les lettres d'une machine à écrire; des artilleurs fiers qui s'enlacent par les bras sur des caissons tout neufs; mille chevaux dont chacun a les sabots cirés; vingt mille capotes sans une seule tache; des fourragères débordant de fourrage; un vaguemestre débordant de journaux et de lettres; des ambulances combles de joyeux infirmiers; des camions surchargés de cantines neuves, et celles des officiers d'intendance sont camouflées comme des tanks; des canons aux noms encore peints tout frais, – attention aux canons ! – aux muselières trop étroites ; pas un bras qui ne se balance comme une bielle, avec les beaux accents circonflexes à la manche sur cette lettre invisible ; pas un corps qui soit vieux, usé, ou du moins sous tant de tricots, de peaux de chèvres on ne le voit pas, ou du moins l'on y a ajouté des nouvelles mains et un visage neuf !...

... La France, où tout est drap neuf, luxe, et beauté ; où les préfets sont nommés suivant leur goût pour les arbres : à Roanne ceux qui aiment les cèdres, à Bourg ceux qui préfèrent les glycines ; seul pays où les éphémères volent droit devant eux, acceptant de ne jamais revenir ; la France où tout est volupté, où les ormes touffus s'écrasent entre soir et crépuscule comme une signature fraîche entre deux pages ; où l'on enferma la guerre pour que la guerre vive du moins sans petitesse et sans marchandage, comme on logeait jadis l'amour ou la colère dans le cœur seul des rois... Les Savernois rougissent, rougissent soudain d'avoir songé à soigner ce qui tout guérit, à orner ce qui tout décore ! Ils admirent : les Français ont souffert, oui, mais dans ces belles étoffes ; ils ont maigri, ils ont végété, oui, mais dans ces beaux corps gras. Ils ont frissonné dans ces fourrures superbes. Ils ont eu soif avec ce vin inépuisable. Ils ont eu les pieds meurtris dans ces souliers merveilleux. C'est sur ces épais pneumatiques qu'ils étaient cahotés à mort. C'est avec ces projecteurs énormes que la nuit ils étaient aveugles. A l'intérieur de cette fougue et confiance invincibles, qu'ils ont désespéré, qu'ils ont renié ; de cet élan, qu'ils sont tombés une minute... Les Français ont tué avec ces mains pacifiques. Ils ont haï avec ces yeux bons et moqueurs ; mordu avec ces douces bouches. Les voilà. Les Français vont aimer avec ces nez hautains, se dévouer avec ces fossettes volages, céder avec ces mentons qui ordonnent. Les voilà. On a beau prendre un visage au hasard, chercher au fond des files les plus cachées, c'est sur un visage de vainqueur que tombe sans trêve le regard. Ils ne font aucun geste que ne ferait, si on le chargeait d'entrer à Saverne aujourd'hui, Renan, Balzac ou Brummel ; et le seul chagrin est de voir qu'ils ne se baissent jamais, fût-ce pour ramasser les paquets de cigares, comme si chacun avait une balle logée à un millimètre du cœur et qu'au premier faux mouvement il risquait, comme on dit, de mourir...

M. Klein enfin a retrouvé sa voix ; il salue et acclame tous les officiers, par leur titre exact, ne se trompant jamais :

— Vive l'adjudant chef de la 3ᵉ Compagnie ! Vive le lieutenant faisant fonction de capitaine !

Et il crie aussi, par flatterie peut-être, à un simple soldat donnant un ordre à sa file :

— Vive le soldat faisant fonction de caporal !

*

* *

Mais voici le soir ; l'astronome qui monte heurte dans l'escalier le boulanger qui descend, et il aura un peu de farine à son épaule glacée par la lune. Voici le court repos qui toujours se glissera entre l'après-midi des fêtes et leur nuit, tant que les hommes ne deviendront pas d'eux-mêmes, vers cinq heures, sautillants, flamboyants. Chaque ménagère attend pour allumer le gaz que je ne sais quoi en elle soit consumé, et caresse ses sourcils comme une mèche tiède. Voici le soir, qui appuie de tout son poids pour prendre l'empreinte d'une journée aussi parfaite, et qui l'imprimera demain, quand le monde aura tourné, sur quelque ville javanaise, ou sur un grand désert. Les Allemands sortent à la dérobée de leurs villas, par la grille qui donne sur les Vosges, écoutent les torrents..., haïssent les montagnes, détestent les fleuves ; descendent vers la grande rue sombre, et, pour éviter la lumière des magasins, suivent malgré eux, raides comme sur une corde tendue, juste l'axe du défilé.

Mais voici que le brouillard qui descend des Vosges heurte le brouillard qui monte du Rhin ; de petites chouettes de garde aboient autour des vergers ; on entend désormais les bruits des sabots avant les voix ; parfois un passant vous heurte avant que vous ne l'ayez entendu : c'est qu'il a des semelles de cuir, c'est qu'il est français... Les phonographes du bataillon installé dans Saverne jouent leur premier morceau, le plus beau d'ailleurs, le cœur de Manon : *Le cœur de Manon est peu de chose. C'est un rien léger comme une rose.* – De la vraie Manon ? me demande l'hôtelier. Des artilleurs indistincts tirent de grands câbles au travers de la ville, les nouent, font un paquet de l'Alsace... Les girouettes, mais que font les girouettes quand le vent souffle ?... Les étoiles... mais que font les étoiles quand les mains qui les supportent toutes à la fois vacillent ?... et voici, je ferme les yeux pour heurter son front aveugle, – et pourquoi ne pas la nommer ? – la nuit...

Alors dans les devantures un sort impitoyable sépare soudain les fleurs de papier et les fleurs vivantes, de jour presque confondues. Les œillets vivants laissent tomber leur pistil, les vraies roses perdent une feuille, les vrais chrysanthèmes replient un pétale. Alors s'apaise le bruit des eaux, car il gèle ; le bruit des pas, car il neige. Un train, le train qui comme le poids d'une horloge monte chaque journée de Mulhouse à Saverne, siffle, redescend... Phalsbourg, Saverne, d'où partirent André et Julien pour leur tour de France, premiers guides de tous les écoliers français, comme tout à nouveau en France paraît simple et logique, si on le revoit de Phalsbourg, de Saverne ! Me voici remis dans le réseau de nos routes, de nos rivières, de nos villes, au point exact où j'y entrai enfant. De quelle vitesse sûre, comme un pigeon ramené à son départ, je vole vers la moindre ville, le moindre grand homme ! Je vois soudain tous les canaux qui mènent de Saverne à Nantes ; (on y va par Epinal où le canal effleure des salines, par Biarritz, où il effleure la mer même, canal d'eau douce si souvent menacé,... Je vois soudain la route qui mène de Bayard à Pasteur ; (on y va par Dupuytren, qui eût peut-être guéri Bayard, par Jacquart qui eût vêtu Pasteur de satin). C'est de cette colline même que j'ai vu nos premiers hauts-fourneaux (on y va par Autun, on change aux Losnes) ; nos premiers insectes travailler pour la garance et la soie (on y va par Montélimar, on voit Orange) ; c'est d'ici qu'une pente douce, mais une pente, me mène au sommet du Mont-Blanc, de la Maladetta, du Sancy, d'ici que j'ai un jour aperçu Paris ; j'ai grandi, le voyé-je mieux ?...

Le vent souffle. Autour de la licorne tremblotent de longs fils givrés ; comme les araignées, les licornes font la nuit leur toile. Lié à chaque ville, à chaque héros de France par un fil bien tendu, et d'exacte longueur, je reste immobile et heureux à mon balcon. La rue est déserte. Seul M. Klein demeure à la même place, à gauche de sa boutique. Je le vois qui fait des gestes sans bouger, qui ouvre la bouche sans parler, qui acclame chacun des figurants d'un cortège cette fois invisible...

— Vive la nuit faisant fonction de cœur ! crie-t-il sans doute. Vive les reflets sur les trottoirs faisant fonction de pensées ! Vive ! ce silence infini, ce repos ; vive cette double langueur faisant fonction de délire !

Mort de Ségaux
Mort de Drigeard

La fenêtre est ouverte, mais j'appuie mon front, à défaut de vitre, contre l'aube elle-même. Là-bas, dépassant le toit, la cime de platane qui me sert de girouette et qui m'indique aussi, par ses feuilles, la saison, – est grise, est rose. De la nuit déjà invisible, sur le miroir, sur le bassin je vois l'haleine encore. D'un tour de bouton électrique, tous les becs électriques ensemble s'éteignent, et l'un après l'autre, mais palpitants, mais sous une main humaine, les becs de gaz. Des taxis combles ramènent des Halles, à leur plus grande allure, les carottes, l'ail et les géraniums que des chevaux au pas ont mis la nuit à y porter. Les Arabes qui nettoient la ville chassent l'ombre comme ils chassent les éclipses, en tapant sur des casseroles et des poubelles d'étain. La brise souffle. Chaque pays du Levant, dévoilé, projette une minute sa couleur sur les murs, sur mes mains. Je pense à mon ami le prédicateur qui avait découvert une vertu nouvelle, et qui surveilla une semaine, pour la trouver d'abord en moi, mes gestes, mes paroles, mes reflets. Je pense à mon cousin le chimiste qui découvrit un nouveau métal précieux et le rechercha d'abord dans les rochers et les prés de ma famille : Jour nouveau, que j'aime à t'essayer sur moi !

La brise souffle. Chaque arbre, et dans chaque arbre chaque feuille, frissonne comme l'oiseau qui reçoit la becquée. Des hirondelles volent à mi-hauteur entre le ciel et la terre, encore également inoffensifs. Le batelier qui dormait assis dans sa barque, le dos contre la paroi du quai, ouvre les yeux, voit la Seine scintillante, des épaules et de la tête s'écarte du mur, et se livre au courant. Le premier rayon frappe mes yeux, je vois le soleil par cette lunette toute propre ; puis un second rayon s'abaisse, s'élève, puis un autre... J'ai l'air du lieutenant qui passe l'inspection des armes : je les inspecte tous.

Un petit apprenti boucher descend la rue en tablier propre. C'est jour sans viande ; c'est jour sans sang...

Un Américain passe de l'ombre de l'Odéon à l'ombre du Luxembourg par une rue ensoleillée qu'il franchit en sautant...

L'arroseur dirige son tonneau au milieu de la rue. On voit, quand il a passé, qu'il étale sans fin, – chacun combat la nuit comme il le juge bon, – une peau de serpent avec des écailles ruisselantes.

J'écris leurs noms... C'est ainsi, sans pensée, que je commence à écrire au hasard, que j'écris « Américain », que j'écris « joli boucher » dans ma feuille étincelante. Depuis quatre jours qu'elle est préparée sur ma table, feuille vide, elle était devenue dorée... Chaque matin, j'écartais seulement les livres, les lettres, les enveloppes déchirées qui s'amassaient d'instinct comme autour de la dalle blanche par où l'on plonge en ma mémoire. Chaque soir, juste en son centre, posés d'une main prudente par crainte des courants d'air, je trouvais mes presse-papiers, la tête de Bouddha, ou le masque en bronze d'Andromède, et je les repoussais aussi, sans trop les soulever, et sans les rompre du corps lumineux qu'ils avaient repris à travers buvard et table... Mais le passé est glacial, ce matin... Comme le baigneur, de l'eau jusqu'au genou, hésite, se frotte l'épaule et les reins avec la vague la plus proche, tout ce qui est à la surface de cette aube, tout ce qui passe à ma portée, laissez que j'en frotte mon cœur, – et du petit garçon boucher, et de cette fillette qui tombe au point faible du carrefour, et de l'Américain qui revient vers l'ombre de l'Odéon, ayant trouvé une rue trop profonde ou trop large, et du soleil. Seule occasion d'ailleurs que j'aurai aujourd'hui de parler du beau temps, du soleil... A quoi servirait d'être triste, et d'être cavalier, si dans l'aube on ne s'arrêtait pour caresser aux naseaux l'attelage d'un si beau jour?... D'être heureux, si l'on ne pouvait appuyer les lèvres de Bouddha contre ses lèvres dorées d'Andromède ? D'être tendre, si l'on ne peut écrire au hasard deux phrases, trois phrases, qui n'aient pas le moindre rapport avec sa vraie joie et son chagrin, à condition qu'elles commencent par la voyelle ronde que les anciens lançaient dans leurs discours comme s'ils jonglaient chaque fois, avant de prononcer le nom de leur ami, avec une boule d'or : O visage des bois ! O racine des cœurs ! O pâturages à boutons d'or que les vaches malhabiles ont dû cueillir avec l'herbe, mais qu'elles laissent retomber de leurs bouches laiteuses avec le muguet et les coucous ! O aube, où chaque sentiment m'atteint à la vitesse de la lumière, un tout petit peu plus vite, où chaque rayon cloue sur moi les visages, les mots, les pensées oubliées ou les plus lointaines que pousse ce matin une main inlassable – et voilà, tout le monde s'y met, que le facteur jaloux glisse une lettre du Tonkin sous le rayon près de ma porte !

*
* *

Il y a aujourd'hui quatre ans. Parfois il ne pleuvait pas. Nous avancions, déployés en ligne. Nous étions heureux.

Soudain, il pleuvait. Nous étions malheureux.

Parfois tout était dans l'escouade dévouement, concorde. Une allumette? L'allumette arrivait aussitôt, de quarante mètres, d'un soldat inconnu qui exigeait seulement de la faire flamber lui-même, toute vacillante, par dix mains, et c'est à des doigts roussis qu'on allumait sa pipe. Ma capote, je voulais la recoudre? les mêmes doigts me passaient une aiguille, toute droite, comme si elle brûlait aussi. Tous nos pantalons rouges étaient séparés en deux jambes, l'une de l'autre indépendantes?... Celui qui avait du fil rouge nous l'abandonnait. Tant pis s'il manquait de fil rouge pour le reste de la guerre! Du fil rouge, oh! il s'en fichait... Drigeard cousait, tout en avançant dans les guérets, comme une bergère... Nous nous aimions.

Soudain tout était colère, amertume. Celui qui sur sa route trouvait un arbre ne se détournait pas, l'appelait sale arbre, le frappait, et avec des armes, d'un coup de baïonnette, d'un coup de crosse. Celui qui avait sur son axe une flaque de boue, y entrait, injuriait la flaque, éclaboussait. Un cadavre de chien, de cheval? On injuriait les chiens, les chevaux. – Qu'est-ce qu'il te dit, ton mort? criait-on en ricanant à celui qui se penchait sur un mort. – Mon mort me dit de te dire...! Drigeard laissait traîner derrière lui l'écheveau de fil rouge, on le piétinait, on coupait le fil sans qu'il s'en aperçût... Nous nous détestions...

Parfois tout était pensée, bavardage. Nous raisonnions, nous discutions. Nous discutions des récoltes, du nombre d'habitants de Berlin, du meilleur système de fermeture des coffres-forts. Tout était indication, présage, intelligence avec la campagne et la guerre : trois perdreaux, cela voulait dire que dans trois mois la guerre serait finie ; un œuf d'alouette cassé près de deux œufs, cela voulait dire une défaite et deux victoires. Notre ligne dépassait de biais un calvaire ? Baloge, le sacristain, discutait au bénéfice de Dieu ; de loin, de près, on lui criait des objections que lui répétait son voisin et il se retournait brusquement à chacune, serrant son fusil, comme si le voisin lui disait : Garde-toi à droite, garde-toi à gauche... Nous trouvions un pfennig allemand, nous discutions du système métrique... Drigeard trouvait un petit Larousse ? chacun lui crie de chercher un mot et d'en lire tout haut le sens, des mots que depuis la guerre on sent plus granuleux en soi, le mot madrépore, le mot primistère, puis, pour les revoir sans parti pris, le mot embusqué, le mot femme...

Soudain nous ne pensions plus, nous ne parlions plus. Un peu de fil rouge pendait de la bouche de Drigeard, pour longtemps cousue. Nous allions, poussant du même pas, sans grâce et sans force, la frontière devant nous – une frontière fade, rectiligne, sans ces belles queues d'aronde qui fixaient la France à ses voisines, – la tête basse, mais sans regarder même à nos pieds, comme si la besogne du jour avait été uniquement pour l'armée de retrouver ce pfennig allemand, et c'était fait. Parfois nous nous heurtons à un régiment où un soldat inconnu porte la ressemblance d'un de nos tués, et il nous regarde, inquiet de nos regards, sentant confusément qu'il aurait à nous reconnaître... Nous sommes muets... Baloge seul continue de parler : On lui jette des pierres, il se plaint en termes bibliques : on le lapide ; un caillou enfin l'atteint, il se tait... C'est ainsi que depuis trois jours nous sommes debout entre deux océans, tous deux en furie, chaque minute alternativement qui nous recouvrent tout entiers, – la victoire et la défaite, l'été et la saison fatale, la confiance et le désespoir.

Parfois tout nous est facile. Nous avançons sur des zones aux noms parents et faciles, Mordancourt, Tricourt, Bersancourt, ou Ravillers, Auvillers, qui nous poussent comme des trottoirs roulants. L'ordre de victoire signé Maunoury nous arrive... On se le passe... Il flotte le long de cette grève dure de tirailleurs, effleurant chacun, comme une mouette... Nous sommes les derniers prévenus de l'armée, nous n'aurons pas à le renvoyer. Pendant une pause, un sergent le roule en boule, le met dans sa poche. Un officier vient le lui reprendre, comme à un chien sa pierre, pour la relancer... Il est relancé... Il fait beau... Nous repartons.

Soudain tout est pénible. Les bourgs ont des noms opposés, emmêlés : Cœuvres, Ambleny. Une fois, plaisanterie du temps de paix, un poteau indicateur donne même des anagrammes : Valsery, Laversy. La pluie ruisselle. On s'essuie le visage avec des linges mouillés, on ferme l'intervalle du col, comme un soupirail, avec ce qu'on a sous la main, un journal, du foin. Nous courbons les épaules, nous halons une France encore raide d'angoisse ; nous halons, avec des arrêts, une victoire trop large dans une rivière trop étroite. Nous nous allégeons de tout ce que nous portions en surcroît, de tout ce que nous avions conquis, de sacs en peau de chèvre, de casques à pointe, de paniers d'obus, que le régiment derrière nous ramassera, puis rejettera dans une heure, et il ne nous reste plus que notre pauvre écorce française, si amincie, déjà usée. Seul Bergeot, qui fait collection de dragonnes allemandes, en porte des douzaines, de toutes couleurs, pendantes à son ceinturon, et semble une folie, une folie somnolente, muette. Il pleut... Dès qu'on aperçoit un abri, un arbre, une maison, malgré soi on appuie vers lui et on l'effleure une seconde. J'ai de la chance : j'effleure ainsi tout un petit bois. J'effleure un hangar comble de cavaliers. Ils sont pressés et debout, comme l'étaient de fantassins étendus et entassés, voilà un mois, les ombres rondes des cormiers sur les routes de Picardie. Des chevaux soufflent, tendus, tête tombée en avant, et nous serions connue eux si notre cou n'était si court... Nous allons... Jalicot, qui, depuis le 5 août, change toutes les cinq minutes son fusil d'épaule, le change...

Parfois tout est juste... Juste la pluie elle-même : nous ne trichons plus avec elle, nous ne nous plaignons pas ; nous sentons que nous ne sommes pas trempés jusqu'aux os, qu'en chacun de ces hommes mouillés il y a au moins un point sec, duquel repartira, dès qu'il le voudra, la chaleur, l'espoir : sec le fond d'un portefeuille, sec un paquet de lettres dans du caoutchouc, sèches les allumettes mêmes, le feu même... Juste la victoire : nous sentons qu'elle fut gagnée parce que, à une minute précise, nous avons été plus prudents et plus fougueux, plus rusés et plus loyaux, plus haineux et plus magnanimes que les Allemands, et le plateau a subitement penché pour nous, la matinée où tous nos morts étaient plus beaux, plus grands que les leurs. Juste la guerre... On s'est toujours battu... Justes – tant pis ! – ces mitrailleuses qui, là-bas, à l'extrême droite, commencent à découdre notre ligne de paix ; et nous attendons sans crainte, nous nous ramassons sur ce qui nous reste de cœur, nous courbons le dos de façon à bien être un nœud d'arrêt sur cette déchirure...

Soudain tout est injuste... Les sillons nous avons à les enjamber, nous avons à suivre les ruisseaux... Injuste cet ordre de halte que nous sentons arriver de trop loin, d'une ville où il ne pleut pas, ou du centre d'un château... Injuste, – depuis 1870 – la défense de boucher nos canons de fusil pour leur éviter la rouille. Injuste ce gros obus qui nous escorte à l'aveugle, semant des monticules le long de notre chemin, comme une taupe obstinée de la terre à nous poursuivre. Injuste de voir marcher du même pas, tous transigeant, ceux qui dans la vie allaient vite et ceux qui allaient doucement, de voir des êtres barbus et rouges, dans la paix rasés et pâles, renoncer aujourd'hui à leurs manies, leurs entêtements, abandonner leur vrai squelette. Le braconnier d'eau qui toujours s'amusait à traverser à gué les ruisseaux, prend le pont. Le cœur se fond de cette injustice. Le siffleur de music-hall ne siffle plus. Artaud qui prétendait hier ne devoir obéissance qu'au colonel et refusait de rentrer dans le rang – le colonel, par hasard, passait, il avait obéi aussitôt – obéit à un premier soldat. Tous, ils sont, injustice, comme si le premier des braconniers d'eau, le premier des siffleurs, comme si l'orgueil dans chacun avait été tué ce matin.

Parfois tout est comique. Comme dans les vraies comédies, parce que les gens ont des passions ou répètent sans cesse le même mot. Parce que le plus avare a perdu son porte-monnaie. Parce que le plus vaniteux, l'adjudant qu'on surnomme Gustou, porte sans le savoir suspendue à son dos une pancarte qui dit qu'il est Gustou, et nous forçons un prisonnier à l'appeler ainsi... Parce que le plus buveur a un bidon percé, et passe son temps à tailler deux bouchons, l'un pour le haut, l'autre pour le bas. Parce que le capitaine se retourne sur son cheval en disant, comme toujours, sans y penser : Où sommes-nous ? Parce qu'il s'approche pour le féliciter de Lucis, le vieil engagé qui s'obstine à suivre malgré un pied écrasé : « J'ai vu votre pied à la visite, lui dit-il, donnez-moi votre main. »

Soudain tout est tragique. Il fait beau, tout est calme. Mais on ne sait quel phare a tourné. Un télégramme annonce au capitaine la mort de la mère Naudin. Il y avait dans le bataillon deux Naudin, et l'un est tué. Le capitaine décide que la morte est la mère de celui-ci, déchire le télégramme, se tourne distrait vers Gustou : – Où sommes-nous ? lui dit-il..

Parfois...

Soudain...

Parfois tout ce que l'on voit est étrange, étrange... On voit ce qu'on n'attendait plus. On voit sur le pas d'une porte une femme qui nous regarde. Une paysanne avec un enfant dans les bras, à ses pieds un chien ; on voit le passé d'un paysan heureux nous regarder en face. On voit un vieillard gagner l'arrière avec deux bœufs, deux chèvres, deux petits garçons, gagner je ne sais quelle arche avec de faux couples, purs, mais vite périssables. On voit un soldat voisin avec sa capote fendillée, le gilet sous la capote ouverte sans boutons, un vieux plastron décousu à chaque pli, comme un homme qu'on peut feuilleter, dictionnaire de misères. On voit un chien, il nous voit, il vient. Parfois une glace de poche circule, on se la passe comme un journal. C'est notre seul journal... On se voit. Il pleut : nous jetons peu à peu tout ce qui nous alourdit, comme des choses collées à nous que la pluie décolle ; et tout ce qui était réparation sur nous ou placage, confiance, espoir de retour, tombe, tombe...

Soudain, tout ce que l'on voit est simple. On l'attendait... On voit près d'un mort étendu l'empreinte sur l'herbe d'un autre corps, d'un blessé qui depuis fut enlevé. On voit un mort assis, adossé au talus, son fusil écarté de lui par ses mains crispées, comme un aviateur surpris dans une vrille qu'il n'a pas voulue, et qui a tiré le levier à fond pour en sortir. A minuit, on traverse l'Aisne sur la poutre de fer d'une écluse. On voit jeter à l'eau un gros réserviste qui a le vertige, qui restait à cheval sur la poutre sans avancer, ni revenir... On monte vers Fontenoy... Tout est simple : chaque trace, chaque cri devant nous est maintenant un pas, une parole d'allemand. Guerre d'écoliers, enfantine et terrible. On se cache derrière des murs : on entend crier : « Achevez-moi. » On entend de la même voix : « Non ! Non ! » On n'entend plus rien... Un blessé se met nu jusqu'à la ceinture, et court, comme un plongeur, vers la Paix. Fontenoy est pris. J'entre dans une boutique avec deux prisonniers, je m'assieds, je m'éveille, je les vois qui me regardent, pacifiques, et l'un a cinq alliances au doigt, celles des amis mariés qu'il a déjà perdus. Il me supplie. Il voudrait celle de son lieutenant qu'on voit par la fenêtre. Il n'y aurait pas à sortir, il croit qu'en se penchant... Le matin arrive... je leur fais enlever les volets de la devanture, et notre commerce recommence...

Voici une heure sans poids, insignifiante... La nuit est ronde et transparente, et les balles font sur elle un gémissement cristallin, aigu, comme si d'un doigt mouillé et paresseux on caressait ses bords... On voit un soldat assis près de nous, son fusil entre ses jambes, mais ramené contre lui cette fois, la vrille est conjurée, il est vivant... Nous avançons, nous dépassons le château : les hommes le défendent avec des gestes un peu plus lents, un peu plus nobles qu'on ne défend une cabane... Nous dépassons les lignes, nous sommes devant la nuit... Il n'y a plus que des escouades déployées, mélange avec les nôtres de zouaves, d'alpins, de Soudanais ; nos morts sont seulement devenus des inconnus... Devant la nuit même ;... il n'y a plus qu'une tranchée individuelle où un petit fantassin est agenouillé, les yeux vifs et attentifs, tout seul au pied de la nuit, comme un souffleur.

Voici la dernière heure de la vie, de la journée... Il pleut... Des ombres se glissent sans permission vers des villages pleins de lard qui scintillent entre les lignes comme des pièges... Le mort que j'effleure en rampant sur l'arête de la colline, des plis de son pantalon rouge laisse couler deux ruisseaux d'eau de pluie... O pluie, si froide que son visage tranchant déverse d'un côté vers l'Aisne, de l'autre vers l'Oise... Partage de cette eau filtrée. Partage aussi de son sang... Je glisse dans un ravin ouvert vers le Nord, vers les Allemands ; sommeil, fatigue, ma tête tourne, j'essaye en vain de remonter sur le talus, je m'accroche à la racine qui, là-haut, dépasse ; je ferme les yeux ; j'ai un éblouissement, et, comme un fantassin accroché à la selle d'un cavalier, j'accompagne à son allure la France qui galope, je crois, qui tourne... J'ouvre les yeux. Elle s'arrête... Voici la dernière heure. Un chien de garde, derrière moi, aboie, garde la frontière. Un Allemand est étendu sous mes pieds avec des balles éparses comme autour d'un dragon ses dents brisées, et des chargeurs comme d'énormes molaires. Le chien hurle, on le bat... Un Français bat un chien français... Voici la lune derrière un bois déchiqueté... Il ne reste plus sur la terre livide que la carcasse d'un grand feu d'artifice... Le froid élargit les lèvres hésitantes de la bataille, et entre elles des corps rejetés comme des noyaux.. Il pleut : O pluie sur Prométhée ouvert ! Une ferme tout à coup s'embrasse, s'écroule en une minute, et il ne reste plus debout que juste la cheminée, par laquelle passe du feu... On me touche à l'épaule, quelqu'un me touche,... mais notre corps maintenant bat si fréquemment de lui-même, si souvent nos paupières clignotent sans notre ordre, notre nez remue, un muscle dans nos bras s'agite, que je n'ai pas l'idée de me tourner... Mais qui était-ce ?... Le pays conquis hier est éteint ; le pays à conquérir demain brûle... Qui frappe ainsi à mon genou ?... Des têtes et des queues de constellations pendent au hasard entre les nuages... Qui frappe à ma poitrine ?... Pluie, qui ouvre le sol aux charrues, et le rend impénétrable aux obus ! Un mort a jeté autour de lui, généreux comme un blessé qui part, sa musette, son bidon, une lettre... Je reviens, longeant des groupes de fantassins qui dorment, les mains hors de leurs capotes, mais blanchies par la lune, et par la craie du plateau, – on n'aurait qu'à serrer ces mains, qu'à les prendre, pour dire aux dormeurs sa pitié, pour les relever jusqu'à soi, – et d'alpins enroulés dans leurs pélerines, sans mains à étreindre, qu'il faudrait, eux, redresser comme des momies, et le seul moyen de les toucher serait encore de caresser leur visage. Dans une carrière, d'autres soldats fatigués jetés en pile comme des jonchets et le capitaine essaye, sans trop dérouler le tas, d'en retirer par les jambes son ordonnance... Ceux qui prétendaient ne ronfler qu'étendus sur le dos, étendus sur le ventre, ronflent... Parfois des corps un tout petit peu moins boueux, des capotes d'un buvard moins avide qui n'aspire pas toute l'eau, un visage plus innocent, plus pâle : ce sont les hommes des renforts arrivés ce matin ; les premiers renforts : car nous voilà au point extrême où nous pouvions parvenir sans aide de l'arrière, où porte de l'élan, de l'indignation le flot sans mélange. Depuis ce matin les renforts arrivent, avancent tout violets et carmin, puérils transparents, dans notre torrent boueux; jusqu'à midi fanfarons, car leur détachement fut formé pendant la Marne et dans toutes les gares on les a fêtés comme les vainqueurs; mais leur voilà bientôt un jour de guerre, et ils sont muets, et la glaise, la nuit, les auront façonnés dans deux ou trois heures à notre image.

A mon tour, je m'éveille... Tout encore est ténèbres.. Mais je sens, partant de mes yeux entr'ouverts, une ligne de lumière se découdre, gagner Drigeard à ma droite, Ségaux à ma gauche, et immobiles, car chacun croit l'autre endormi, Drigeard et Ségaux ouvrent les yeux...

Ségaux pense, comme tous les matins, que tout est bien, vraiment que tout est parfait...

Drigeard pense, pense que s'éveiller ainsi c'est tirer vraiment son cœur de sa poitrine (Drigeard est répétiteur, il est sentimental), que c'est le mettre dans sa main, le voir battre.

Ségaux pense que tout serait bien, tout parfait, mais sans ces renforts, dont l'unique souci est de s'aligner sur nous, et même dans le sommeil, pour s'orienter au milieu de fracas dont ils ne distinguent ni les fracas ennemis, ni les amis. On en a toujours un accolé à soi, ombre parallèle... ombre stupide d'ailleurs, avec ses plaisanteries de manœuvres, qui crie, quand il fait chaud : « Une bonne grenadine au kirsch !.. Un bon Pernod !... »

Drigeard pense que refermer les yeux, c'est remettre son cœur en place. Deux fois, trois fois, il les referme... Que de cœurs à rentrer aujourd'hui !

— Celui que je plains, pense Ségaux, c'est le dernier tué de la guerre... Je resterai plutôt, une fois signé l'armistice, étendu deux jours au fond de la tranchée...

— Comme tout devient logique, tendre, pense Drigeard, si on le compare à une pensée. Voici deux nuages qui se choquent, qui se confondent, comme justement deux pensées... Voici un arbre qui s'évente, qui remue en lui des oiseaux, comme une pensée... Voici une ombre qui se redresse, qui s'appuie contre un mur... Malgré soi l'on songe à une pensée qui se lève, qui s'accoude...

— Tout serait parfait, pense Ségaux, sans les renforts et sans Gustou qui a cassé son dernier lorgnon. Il est quatre heures. Les six montres que des blessés m'ont données disent quatre heures... Il va falloir que je me mette en quête d'un bon fusil... ou que je retourne chercher le mien à Fontenoy... L'officier qui m'avait manqué dans le moulin et que j'ai cloué sur la porte doit être mort maintenant... J'ai dû repasser près de lui, pour sortir; il m'a craché au visage... On voit encore la lune... J'adore ainsi, au réveil, penser... Mais comme les pensées sont illogiques, le matin... Je pense à la fois que rien ne m'est plus égal, et que rien ne m'ennuierait plus que la mort!... Je pense au seul soldat de plomb que j'ai jamais eu, cadeau du fils de notaire... Je jouais avec lui seul des journées entières... Tantôt il était mon égal, tantôt mon chef... Tout soldat me le rappelle... J'aimerais l'avoir, ce matin. Voilà que je renverse ma gamelle; il n'y a que moi pour faire autant de bruit en pensant!

— On ne se voit guère que de profil à la guerre, pense Drigeard, mais chaque fois que je vois un visage français de face, il me semble qu'on me paie avec une monnaie étincelante... Sept ans que j'habitais l'Allemagne, j'en suis revenu si vite voilà six semaines que je sens encore là-bas, au milieu des Allemands, ma forme vivre... C'est sur elle que je m'amuse à tirer...

— J'entends Drigeard qui s'agite... Je vais prendre son fusil, car à lui peu importe... Il tire, mais sans savoir qu'on vise ; il tire comme à un duel ; à l'assaut, il charge le premier, criant fort mais en baissant les yeux comme un amateur qui chante à vêpres, son arme à la bretelle ; toujours le premier, mais sans se douter qu'on a à tuer ; inoffensif, toujours avec les plus sanguinaires ; toujours avec les plus courageux, mais avec des précautions d'enfant, cachant son ventre dans sa musette où il porte une assiette en aluminium, son cœur avec un cache-cœur...

— Ségaux s'éveille... Voici le petit jour... La nuit là-bas s'argente et il suinte un jaune acide et pourri... Un coq chante...

— Un coq chante... Une fois seulement... Il y avait sans doute des artilleurs dans sa grange... Voici le petit jour... Mon sergent se retourne sur le côté droit et je retire doucement son fusil pour qu'il puisse dormir... Il soupire... Dès qu'il dort il voit, m'a-t-il dit, l'entrée d'un immense tunnel et des ingénieurs, des contremaîtres agiter leurs lanternes et leurs casquettes... Mais il ne sait si le train va y pénétrer ou en sortir... Que j'aime cette heure du jour !... Que je l'aime à Néris quand je sors acheter les journaux, les souliers de mon étage une fois cirés, et je croise les filles de la Pastillerie, qui s'en vont par deux, tirant le haut de leurs bas à travers leur tablier. D'ailleurs j'aime aussi la nuit, et midi, et le soir, Je suis bien connu à Néris pour cela : j'aime tout.

— Voici ce que je ne peux voir sans m'accouder, sans poser ma tête dans mes mains et la soulever comme un présent, voici l'aube. La nuit se décolle de la terre, avec peine, comme un remède que l'on arrache, comme un tapsia d'une chair malade. Les branches des sapins remuent doucement, de bas en haut, et c'est de la terre que monte un souffle vertical. Un nuage gris efface où il passe les étoiles, un nuage sale qui a déjà servi, qui laisse des traces de craie... Voici l'aube... et l'haleine effroyable du jour. On ressoude nos pieds à la terre par des soudures douloureuses. Un astre s'est secoué sur le mien de ses roues brisées, de ses chevaux morts, de ses maisons en ruines... Comme tout est net, menaçant, comme toute chose me fait un signe sans répit... Comme tout n'est que pierre, bois, et dure leçon...

— Le coq chante encore, mais moins clairement. On devine d'ici qu'il a maintenant les deux pattes liées... Voici l'aube... Enfin je vois l'arbre rond, hier invisible, vers lequel la brigade (sur des bulletins de bagage volés à la gare de Soissons) nous donne l'ordre d'attaquer ; il est noir, mais on le devine doublé de rose et d'orange ; on ne voit plus que lui sur l'horizon ; il a poussé en une nuit comme un champignon... Quatre heures et demie... Il est temps que je secoue les hommes de l'escouade ; ils me demanderont l'heure, – Tu veux l'heure ? leur dirais-je, la voilà ! et je leur glisserai à chacun une de mes montres. Ils vont ouvrir les paupières, la bouche, relever leur foulard de leurs oreilles et tout ce masque de chair et de linge qui sert contre la nuit... Je vais secouer le capitaine, – il faut le secouer tous les jours plus fort – dont il tombe chaque matin, tant je le secoue, un objet, son stylo, son binocle, et les boutons mêmes, ces jours-ci, de sa vareuse... – Où sommes-nous ? me dira-t-il, et me reconnaissant, il m'insultera, puis tirera d'une douille d'obus la thermo léguée par le colonel et me versera du café... Au fond, tous les hommes sont bons... ou du moins ceux dont le nom commence par S, je ne réponds que de ceux-là, car c'est avec eux que j'ai vécu surtout, à l'orphelinat ou à la compagnie, à cause de l'ordre alphabétique... Synnan, qui élevait des coqs de combat, (un de ses coqs aveugle avait gagné quinze matches,) qui m'apprenait la boxe, et il s'amusait à fermer les yeux pendant nos assauts... Sembat, qui, comme tant d'autres au début, s'était mis nu quand il fut blessé, croyant avertir les Allemands, sur lequel ils continuèrent à tirer, qui fut tué nu ; il m'apprenait mes provinces et mes préfectures ; nous en étions au Massif Central quand il fut tué... Où nous sommes, mon capitaine ? Nous sommes dans le Soissonnais, chef-lieu Soissons...

— Tendrement je t'appelle, amour des combats, qui secoues tes ailes pleines de rosée, et te coules dans la forme vide du génie de la nuit comme le ramier dans celle de la chouette ! Voici la première haleine du jour ; un vent chargé et son brouillard soufflent sur les cyprès, ensoleillés, et les attisent... Comme on voit un paysage à travers un train qui passe, comme on voit un chien qui court à travers une palissade, quel beau jour j'aperçois en ouvrant et fermant les yeux ! Voici sur les murs, sur les toits du village les couleurs du pêcher, de l'amandier en fleurs ; tout ce qui était blanc a soudain la pudeur de ceux qui ont dormi, – et les paupières des dormeurs sont mauves dans leurs visages pourpres. Changerais-je ce réveil, Drigeard que je suis – tous ces hommes aplatis autour de moi comme des aviateurs tombés – accepterais-je de troquer ce réveil contre mon plus grand deuil, contre une tempête, contre une honte sans issue ? Suis-je au jour le plus triste ou le plus fier de ma vie ? Changerais-je ce réveil pour un rendez-vous dans Paris, là-haut, rue de Dunkerque, pour une aurore dans

Ispahan ? Dois-je être heureux, dois-je frémir de voir sur mon petit secteur les armées se heurter non par ce qu'elles ont de plus cruel et de plus dur, non par des coloniaux aux crânes rigides, par des casques, – mais par des notaires, des professeurs et tout ce qu'il y a de plus sensible dans le Forez ?... Une heure, et nous allons partir, aller vers un ennemi qui nous attend debout, sans batailles dans des réseaux de tranchées, sans défilement dans des sapes, et les plus grands mots aussi se heurtent en moi, ce matin, directement, sans réseaux de dialectique entre eux qui les amortissent, le mot infini contre le mot matière, le mot mort contre le mot vie, le mot Deutschland (même pas traduit) contre le mot France... Le soleil va se lever, et on le plongera dix minutes dans un jour qu'il n'aura pas le temps de colorer. Puis il pleuvra. Déjà Ségaux tourne son fusil vers le levant et vérifie si le canon est propre. Déjà, par plans horizontaux, la compagnie s'agite ; des hommes rampent, se heurtent et s'arrêtent tête à tête, se parlent comme des fourmis. Du film qu'on va jouer les premiers rayons et les premiers faisceaux de mitrailleuses ne donnent encore, sur ce plateau crayeux, qu'une poussière incertaine, et nous, épars, nous ne sommes qu'un titre qui tremblote à peine, de ses pauvres lettres inconnues... Le lieutenant assis étire en tous sens deux bras qui semblent partir l'un de son cou, l'autre de son ventre, et il semble, en ombre chinoise, une idole à cent bras mutilée de tous moins de deux... Il dit quelques paroles brusques que nos voisins nous transmettent de plus en plus douces, et chaque homme est un filtre pour chaque homme. Il souffle dans un clairon rauque, et l'écho aussi répète là-bas son appel sans rudesse... Il faut partir... Le mot lâcheté appuie contre le mot patrie... Le mot mort, sans raison cette fois, – il a chargé de biais, –

contre le mot village... O village, que je ne reverrai plus, car je m'élance et je sens que des balles vont casser l'une après l'autre chaque part de mon corps comme une pipe à la foire. Village où les habitants halètent encore, endormis dans leurs chambres closes, avec des trous, comme pour des insectes pris, ou des losanges dans la persienne.. La servante se lève à tâtons, s'accroupit devant la cendre d'hier, prépare le foyer, et l'aube sur sa nuque, le feu sur son visage luttent, se disputent la plus pauvre créature humaine... O guerre, entends chaque artilleur qui accroche sa pièce au caisson accrocher un de tes ceinturons !... O patrie, une minute encore et tu vas respirer, et de ton sein qui prend haleine me pousser dans du plomb fondu... O France, laisse-moi te brouiller de la main comme un jeu auquel on ne jouera plus de tout le jour, de toute la vie... O Béarn, chef-lieu Orléans ! O Compiègne, chef-lieu Albi... te brouiller avec tous mes autres jeux, pour toujours, pour toujours inutiles... O Nuit, chef-lieu Poitiers ! O Molière ! O bras nus !...

O France ! O Bien-Aimée !

Septembre 1918

Repos au lac Asquam

Vous me regardiez, vous en étiez certaine, pour la dernière fois ; moi j'étais sûr de vous revoir. Le quart d'heure infini qui nous restait je le secouais au hasard, comme on secoue un sablier ; dans votre cœur un coup sec abattait les pauvres minutes comme à l'horloge de la gare, parfois vous ressentiez jusqu'aux secondes, et vous fermiez les yeux. Pour vous j'étais, réuni à mes bagages, tout ce que j'ai jamais été, un ancien inconnu, un homme, un amour à son terme, fantôme je n'étais plus ; moi je voyais de doux trésors, des yeux bleus, des mains. Etres à taille, à âme d'échelle soudain différente, nous ne pouvions trouver de paroles sensées, de pensées communes, qu'en ajustant l'un en face de l'autre nos visages... Alors heureusement arrivèrent celles de nos amies qui prétendent n'aller jamais aux gares, qui vous prirent entre elles deux, quand le train fut parti, et soutenant vos coudes, vous firent marcher toute la nuit sans arrêt, comme on l'ordonne aux Indes pour ceux qu'a piqués le cobra. Les hommes d'équipe, les contrôleurs, devinant cet argent et cet or qui jaillissent d'eux-mêmes autour des vrais départs, accomplissaient tendrement leur œuvre, volaient sur moi, pour les installer, ma canne, mon manteau, mon chapeau, puis mettaient leur franc dans leur bouche comme s'ils allaient, eux aussi, partir, mourir... Mais tu ne pensais pas à ma mort, tu semblais croire que je prenais, dans ma méchanceté, un autre moyen de quitter ce monde, un trottoir roulant plus rapide que le tien, et, obstinée, tu ralentissais même tes derniers gestes. Tu étais dure, et triste, et cruelle comme si j'allais devenir un autre homme : un ingénieur, et toujours parler et avoir des moustaches ; un saint, et ne plus être libre l'après-midi ; un enfant, et boire en amont de toutes tes sources. Aujourd'hui la pensée me vient que j'ai encore ton âge, je défaille de dévouement et de plaisir.

Aujourd'hui,.. je suis étendu au centre d'un grand cirque de montagnes. Quand je me lève et me tiens debout, j'en deviens le pivot même. Comme on me le recommandait à l'école, j'ai mis le soleil à ma gauche pour que la lumière soit meilleure et je vous écris. Le lac au-dessous de moi supporte des îles légères et les sapins des radeaux détruits par l'hiver vont à la dérive. Des oiseaux-mouches forent trop vite les fleurs de pommiers, touchent le bois dur, blessés repartent. Pour les dindons de la ferme aux pattes malades, race dégénérée, Mrs Green passe à la graisse les branches de l'arbre perchoir. Une grive rouge m'effleure, une brise s'élève. Comme un poète qui songe, près de qui se pose un oiseau, qui s'émeut de voir tomber là, parfaite, la pensée qu'il cherchait en lui, un amour tendre et doux, au lieu de souffler en moi, soulève cette page, m'évente avec amour. Dans les hangars cachés par les roseaux, les fermiers essayent les moteurs des canots qu'on sortira pour les maîtres le mois prochain. Mrs Grenn bat pour moi un couvre-pied rose, car mon lit finit au-dessous de la fenêtre et je vois, le matin, sous le drap, mes pieds ensoleillés, mais j'ai froid. Au fond des criques où flottent les sapins coupés, les ouvriers marchent de l'un à l'autre, bien qu'en sifflant des danses nègres qui, nous, nous feraient chavirer. J'envie leur équilibre, je me sens tout guindé d'avoir un lac et un soleil à gauche, et rien à droite.

Où je suis ? Je suis dans un pays que je reconnais énorme, à l'instant même, instant critique, à ce que les guêpes sont trois fois plus grosses qu'en Europe. Je suis au milieu du New Hampshire, qui voit l'uniforme bleu ciel pour la première fois, qui croit que j'en ai choisi la couleur moi-même, qui me croit donc sensible, généreux. Le régiment de Harvard a une semaine d'examens et je me repose. L'auto a quitté Boston lundi, le matin, à l'heure où dans les faubourgs, sur de hauts souliers taillés de biais, vêtues de robes en foulard de soie, décolletées et appuyées contre le vent, les dactylographes montent dans les tramways sans toucher les barres d'appui, soucieuses de leurs mains, avec les sténographes toutes droites, soucieuses de leurs têtes. Sur les perrons, des Irlandaises à nattes brunes vous passaient toute douce, par leurs yeux bleus, cette pensée terrible qu'elles ont eue la nuit. Nous suivions la route bordée par les ormes de Washington, bien vieux, réparés, le tronc comblé de ciment qui fait là-bas les statues ; et l'immortalité, à défaut de sève, gagnait déjà les hautes branches. Les lacs, de plus en plus purs à mesure que nous montions, détenaient l'eau des quartiers les plus en plus riches de Boston, et venait enfin le lac tout bleu, tout rond, qui alimente Beacon Street. A midi ce fut Portsmouth, où je présidai sur la plage la réunion des enfants qui vendaient leurs animaux favoris pour leurs filleuls de France. Ils étaient là une centaine, graves, enthousiastes ou consentants, excepté Grace Henderson, qui se cramponnait à son veau blanc et qui pleurait. On le lui achetait vite, en le lui faisant par pitié, mais son frère la forçait à le revendre, et trois fois elle eut à souffrir, à se débattre, à maudire la famille et le devoir. Il y avait des oiseaux de Cuba, qu'on achète avec les cages ; des oiseaux du pays, qu'on achète pour les relâcher ; des tortues qui se vendaient mal, car elles portent gravées sur le dos les initiales de leur premier maître ; des chèvres ; et il y avait des animaux pour lesquels aussi la vente était un sacrifice, des chiens tristes qui ne résistaient pas, qui se vendaient eux-mêmes ; un petit éléphant qui retenait sa maîtresse par sa ceinture, – elle cédait, – par la manche, – elle craquait, – et il n'osa prendre sa natte. Les gouvernantes, pour consoler, achetaient vite à leurs enfants un autre animal, et lisaient à tour de rôle, sur un stand, les lettres des filleuls : – Venez chez moi, j'irai chez vous, écrivait Jean Perrot, et si je meurs je veux vous voir... Des professeurs s'étonnaient que les enfants français eussent tous un langage rythmé... Puis vinrent des forêts vertes coupées de torrents où les petits garçons qui pêchaient la truite à deux mains, n'osant bouger, n'osant crier, nous acclamaient d'un clignement d'œil. Puis vint Tamworth, pays des mulots, où les chouettes sont si grasses qu'elles ne peuvent se percher de face car elles basculeraient. Puis vint Sandwich, où un Lithuanien agitant son drapeau national protestait tout seul contre la conscription, puis vint le lac Asquam, et cette terrasse où depuis je suis étendu, au pied d'un bouleau fluet et géant qui n'a qu'une touffe à son sommet et qui chavirera s'il lui pousse une autre feuille. J'ai pour hôtesse Mrs Green, la fermière, qui porte un grand sarrau rayé, des cheveux gris en natte sur le dos, un lorgnon, mais qui tire à la dérobée la queue des veaux et se bat avec le coq. Quand un mot s'attarde dans mon stylo, je le secoue de ma chaise longue dans le lac... Mais parfois c'est en moi qu'il hésite, et il faut que je me lève moi-même, que je m'accoude, parfois me penche.

Avec qui je suis ? Avec deux amis, un forestier, et un poète australien. Le matin est à Carnegie, le forestier. Dès six heures, d'une nage droite à travers les îles, où chaque propriétaire impose son heure officielle selon qu'il veut voir lever ses enfants tôt ou tard, il me conduit à son district. Les bêtes silencieuses s'éveillent dans les bois qui ont encore leur nom indien, le rat musqué se lève, le héron bleu vole d'une presqu'île à une île, de l'île à un îlot, vole vers midi. Nous débarquons à la hâte, évitant le naufrage, car un sapin coupé glisse déjà du haut du toboggan vers le lac ; nous allons à la scierie par un chemin jadis couvert de sciure, mais qu'il a fait goudronner depuis qu'il y perdit sa chaîne d'or. Il m'apprend le secret qui fait distinguer le pin rouge, le pin blanc, le pin noir ; assemble son équipe de bûcherons qui va partir pour la France, me force à leur dénoncer en français nos plus grands arbres, le chêne, l'orme, et je sauve avec peine les hêtres, vos préférés. Dans les raccourcis nous allons, sous les ronces, dignement, en gens qui ne parlent pas la même langue, et pas un de ces gestes nobles n'est perdu, mon amie, car la forêt est pleine de lynx. Dans les clairières, il me montre les restes des feux de bois qu'il a allumés depuis son enfance, et les tisons de vingt ans noircissent encore les doigts. Attendri, il s'assied, douce amie, il rêve... et soudain quatre petits blaireaux, amie adorable, sortent effarés de terre ; de vrais petits blaireaux, mon cœur. Nous les attrapons : ils piquent, ils se débattent ; nous les caressons, mon amour.

Mais le soir est à Rogers, l'Australien. Tout est obscur, tout invisible, on ne voit qu'un point rouge, le cigare de Carnegie qui pagaye sans bruit sur le lac. Mais, à des milles, l'arbre privilégié qui annonce chaque soir la lune soudain tout entier étincelle. C'est qu'arrive une lune entière. Tout est radieux, tout éclaire. Des rochers affleurent polis comme des os de seiche. Autour du lac le reflet des forêts, cassé et saccadé, devient une bordure égale. C'est l'heure où les Indiens donnèrent un nom à ce qui nous entoure. Les Montagnes Blanches deviennent blanches, les bouleaux jaunes jaunes, bleus ces hiboux. Chaque plan du lac semble à un niveau différent et la lune ronge l'eau aux écluses. Nuit divine, ce soir, où les Montagnes blanches sont d'argent, les bouleaux d'or ! Voici l'heure enfin de choisir, ma maison, mon âme, le nom que je veux vous donner ! La grenouille taureau gémit ; le loon, cygne noir du lac, pousse un cri tour à tour éclatant et voilé, car il plonge sans cesse sa tête et la ressort. La vraie lune s'écarte sans en avoir l'air de la fausse lune... Mais Rogers s'obstine à ne pas se taire. Il veut que je lui parle de Seeger, qui est mort, de Blakely, qui est mort, car tous les poètes américains ont été tués avant qu'ait commencé la guerre américaine. Il s'obstine à parler français sans permettre que je l'aide, et tourne autour des mots qu'il ne sait plus, autour du mot « débonnaire », autour du mot « échelle », du mot « sérénité ». Réfugié au cœur même du mot, je l'attends, sans l'aider, placide, au cœur d'un nom propre quelquefois, dans Baudelaire en ce moment, opprimante statue. J'y suis depuis une minute, Dieu sait si je me tais... Puis Rogers me lit ses vers, qu'il désire adapter pour l'Europe, car les mois en Australie diffèrent trop des nôtres.

— Juillet a gelé les rivières, récite-t-il, et les ponts inutiles sont rassemblés dans la grange...

Je lui fais signe, il comprend, il corrige lui-même :

— L'été a gelé les rivières, et les ponts...

Le loon chante. Le lac flamboie, c'est Carnegie qui allume un second cigare. Rogers s'émeut, prend ma main, et tourne autour d'un mot sur les loons à la fois et l'amitié, que nous aussi en France, hélas, nous ignorons.

Un orage ?...

Quand la tempête éclate ; quand par millions, les propriétaires des cottages amènent sous l'averse le pavillon à sept raies rouges ; quand un éclair vous laisse apercevoir, dans l'auto qui précède, par le mica de la capote, les ombres de deux têtes graves ; quand l'oiseau noir aux ailes rouges rentre ses ailes ; quand les progermains, baissant leur fenêtre à guillotine, se sentent soudain isolés, vaincus, et pleurent ; quand sur les gazons publics la foule se précipite sous les tentes des sergents recruteurs et les aide à pousser à l'abri leurs réclames, torpilles et mortiers ; quand la mère en knickerbokers à califourchon derrière la motocyclette pourpre essaye en vain d'étendre la main vers le bébé qui sommeille dans le side-car ; quand sur les clochetons des granges tournent affolés, mais en mesure, les cerfs d'or, les chimères, les vaches d'or ; quand sur l'avenue vide reste un soulier plein d'eau ; quand un coup de vent soulève la page du comptable manchot, et qu'il la retient de la pointe de sa plume, appelant à l'aide ; quand on n'entend plus sur les trottoirs, sur la mer, sur les bastingages, que la pluie... – puis, quand un rayon descend, qu'un nuage tranchant le coupe, qu'il tombe ; quand l'arc-en-ciel vacille, sa gauche sur le béton du quai de Salem, sa droite sur la mer ; quand on retire dans un coin du ciel, comme la dernière allumette en réserve, le soleil, qu'on l'attise, quand il flambe enfin ; quand la lumière victorieuse bat d'un centimètre, sur la terrasse, la goutte partie de cent mille fois moins loin qu'elle ; quand la demoiselle de magasin se précipite en riant vers son amie dans le magasin d'en face ; quand le progermain remonte sa fenêtre, voit des dieux gras et solides, mouillés jusque sous leurs fourrures, lutter jovialement entre eux, et Erda glisser, Erda tomber, car le ciel est glissant, en ouvrant ses grandes jambes blanches ; quand le bébé dans le side-car reçoit sur le nez la dernière goutte et crie... – puis, quand les nénuphars se haussent au-dessus de la couche d'étang nouvelle ; quand le fermier en bottes va vider de leur eau les pots de résine et de sirop d'érable ; quand un enfant, il ne sait pour quel bonheur, veut brûler du papier d'Arménie ; quand le voyageur, au tournant du canon, descend de son mulet, le caresse... le caresse... et soudain remonte vite, car il veut garder sa place sèche, et car l'orage recommence ; quand le soleil disparaît à nouveau, quand la pluie retombe, s'acharne, la même dont on reconnaît les gouttes ; – alors je pense à lui, Seeger, qui aimait les orages, et je frémis...

— Comment est mort Seeger ? demande Rogers.

Dans un mois Rogers part pour la guerre, et il ne perd pas une occasion de savoir comment les poètes, ses collègues, y sont tués. Il serait bien étrange que deux poètes fussent tués de la même façon, de la même exacte façon, et chacune de leurs morts est une mort qu'il n'aura pas. Il ne divaguera pas, comme Brooke, disant au hasard mille prénoms, et mourant au premier nom de femme. Il n'aura pas le temps, comme Dollero, de m'écrire trois billets, le premier avec une brindille et son sang, me disant adieu pour toujours, le second avec le crayon de l'infirmier, espérant me voir, le dernier avec le stylo du major, confiant, heureux... inachevé. Il ne tombera pas mort, comme Hesslin, le poète allemand, sur le dos d'un sergent mystique qui se releva lentement avec sa charge et l'apporta sans se retourner à l'ambulance. Il lui faudra une tombe entière, puisqu'il ne mourra pas comme Blakely dont les pauvres vestiges tinrent dans une boîte à palmers. Ce ne sera pas au crépuscule, comme Drouot ; à midi, comme Clermont. Si Seeger est mort à l'aube, il ne lui restera plus guère que la nuit... Nuit amère, qui se perpétue sous les jours comme un sombre fraisier... Nuit douce, avec son lac, ses loons, nuit sur les paquebots de Sidney, où le monde-univers se tait, où il n'y a plus frottant contre la pensée d'un poète que tout le bruit d'un vaisseau qui glisse... Nuit près d'une source de France, où l'on souffre à peine de sa jambe fracassée, où l'on mâche du cresson... Nuit obscure, avec soudain, au centre, chaque rayon découpé par le velours noir, le soleil !... Heureux qui meurt la nuit !

— Comment est mort Seeger ? Le connaissiez-vous ?

Rogers est astigmate, il a deux grosses lunettes d'or à verres dissemblables et il vous pose toujours, aussi, deux questions à la fois... Oui, je l'ai vu... Une fois, au Luxembourg, l'été ; il entrait dans le jardin irréel, peuplé de Parisiens fantasques et tendres, et ceux qui se sentaient trop lourds pouvaient acheter de petits ballons à la porte... Une autre fois, chez un ami qu'il avait voulu voir l'avant-veille, sans le trouver et il avait laissé un distique, – la veille, et il avait laissé un sonnet. Mon ami se laissa surprendre au lit le troisième jour sinon il aurait eu au moins une ballade.

— A-t-il souffert ? Avez-vous lu ses derniers vers ?

Car Rogers recueille aussi le dernier poème de tous les poètes tués. Il recueille même leurs dernières lettres en prose, où parfois, comme les armes d'un guerrier qui s'habille un peu vite dans son appartement, deux mots par hasard se heurtent, riment,... et l'on tressaille. Dernière lettre écrite à une tante entre les deux derniers poèmes, où malgré eux ils emploient le nom poétique, l'autre ne venant pas, où ils disent « les coursiers », les « pleurs », le « glaive », et sont contraints d'être un peu ironiques. Derniers poèmes où presque tous voient la mort, et juste comme elle devait les surprendre. exactement : Seeger comme une amie envieuse à un rendez-vous, Dollero comme un orage, avec trois oiseaux, Blakely comme un monstre sans tête – et où Brooke seul prévit tout à contre sens. Oui, pauvre Brooke qui nous disait à tous : – Si je meurs, songez que dans une terre étrangère, toujours il y aura un coin de notre terre, qu'une poussière plus riche que la terre y sera contenue, un corps d'Angleterre lavé par les rivières anglaises, brûlé par le soleil anglais, un corps horizontal, tendu sur la ligne de tous les ancêtres anglais... – et qui est mort sur un bateau, et qui fut jeté à la mer, avec le boulet qui maintient vertical son suaire. Et, plein de pitié, mais mis en méfiance de sa divination, feuilletant ses autres poèmes, on ne croit plus exactement ce qu'ils affirment, on ne croit plus que l'amour est juste « une rue ouverte où se précipite ce qui jamais ne revient, un traître qui livre au destin la citadelle du cœur, un enfant étendu ». On se butte un peu, on vous contredit, pauvre cher Brooke, – on s'entête à croire que l'amour est une rue, si vous le voulez, mais fermée, ou un traître, mais alors un traître qu'on trahit, et parfois l'on voit ce doux enfant vertical, flottant tristement dans l'air.

Comment Seeger est mort ?

C'est l'été. Tout ce qui empêche de respirer l'été, son képi, son masque, il l'enlève. Il tient son cigare derrière lui, à cause de la fumée; le voleur de la compagnie le lui vole, et Dieu merci, car ses mains après sa mort ne se brûleront pas sur lui. Puis il s'étire, mais sans lever les bras, à cause des balles, les bras en croix. Il a juste une minute à vivre. Votre montre est devant vous, avec son cadran à secondes. Une minutes moins cinq secondes et il va mourir. Il a dans sa poche le flacon d'héliotrope, qu'il va écraser en tombant. Avant qu'il soit mort vous n'avez même plus le temps maintenant de tracer cette courte phrase qui lui servait de devise, qu'il écrivait avant chaque poème, au sujet des peupliers. Trente secondes. Si c'est un obus, on charge le canon. Si c'est une balle, le soldat allemand tapote son chargeur, le glisse. Quinze secondes. Oublions qu'il va mourir. Ne parlons plus de la mort de Seeger. Seeger lève la tête. Le ciel est tout bleu... Un peuplier, oui, un peuplier se dresse à l'horizon. Seeger gravit doucement la marche de tir. Un oiseau, oui, un...

Ainsi ont passé mes trois jours de repos, et aujourd'hui il est midi. Je pense à vous qui d'Europe m'écrivez chaque semaine une lettre d'humeur inconstante, dont le papier même chaque fois est d'une autre couleur, et chacune est lancée par un phare qui tourne... L'amour est un cheval qui se cabre, une antilope qu'on attelle, un traître fidèle... Le soleil est juste au-dessus de moi maintenant. J'écrivais, pour épargner mes yeux, dans l'ombre de ma tête; la voilà comble; adieu, amie. J'écris un dernier mot, j'écris ton nom en plein soleil.

Juin 1917

La journée portugaise

Au major Carlos de Albuquerque
de Santa Rosa y ovar.

Comme j'étais en grand uniforme, tous nous suivaient. D'abord les fillettes, un peu plus âgées, dans ton pays aussi, que les petits garçons et qui les portent là-bas au fond d'un panier sur leur tête. Dans Maureria elles étaient nues, dans Lapa, où l'ambassade d'Allemagne jadis avait protesté, on les enveloppait d'indienne. Puis les mendiants, reconnaissables à la plaque de cuivre sur laquelle est gravé le mot mendigo. Puis les pêcheuses d'Ovar, ceintes d'un cordage, comme vos monuments manuelins, et qui ont les yeux de chaque côté du visage, de sorte qu'au lieu de me suivre elles devaient me dépasser pour me voir. Les marchandes de fuchsias, car on ne vole jamais les fuchsias au Portugal, abandonnaient pour nous leur boutique, et venaient enfin les orphelins de Belém, en sarrau rose rayé de carmin, qui tous en cette minute, ignorants comme ils sont de l'âge qui doit séparer enfants et parents, certes me désiraient pour père.

— Que voulez-vous, me disais-tu ! c'est de même à Paris quand il arrive un Portugais.

Tous pieds nus, marchant dans leur soleil avec moins de bruit que les Lapons dans leur neige, et quand résonnait près de nous un talon, nous sentions que passait un être moins dévoué. Alors, en effet, c'était un de ces Espagnols venus au Portugal espionner comment finissent leurs trois fleuves, ou bien l'homme de police chargé de crier sur mon passage : Vive la guerre et Vie à la Vie ; ou bien c'était la Reigini, de la compagnie italienne, amortie de fourrures au cou, aux poignets, aux chevilles, là où étreignent les amants, et qui rougissait, du même bâton, ses lèvres et l'angle de ses yeux. Il y eut cependant un vieux monsieur en bottines qui tint à nous accompagner, qui même m'arrêtait, comble d'admiration, montrant mon sabre et voulant savoir – dans un français qui ignorait les verbes, comme le tien – pourquoi le fourreau en était bosselé.

— Guerre ? Bataille ? interrogeait-il.

— Non, répondais-je. Valise.

Par le tramway, puis le funiculaire, écartant ainsi d'abord ceux qui n'ont qu'un sou, puis ceux qui n'en ont que deux, avec les riches seuls nous montions à Alcantara. Tu me présentais Lisbonne en me plaçant, entre les palmiers, au point calculé d'où chacun cache une cheminée d'usine – ils fumaient – puis, autour d'Estrella, tu me faisais avancer en cercle jusqu'au moment où les jours de ses clochers se couvraient et d'où je pouvais les traverser tous deux à la fois d'une flèche. De là enfin, car j'étais fatigué, – mais à la condition que nous verrions l'après-midi le château construit en cannes à pêche, – tu consentis à redescendre vers le port. Les places longues de ta ville, avec leurs mosaïques noires ondulées, semblaient arrosées d'encre fraîche. Sur chaque façade, le Louis XV des fenêtres et le chinois des toitures luttaient sans pouvoir s'atteindre, les dentelures de l'un reculant sans courage dès qu'attaquaient les dentelures de l'autre. Dans les rues à pic, les enfants d'un an dormaient à même le pavé, leur corselet remonté aux épaules, sur le trottoir leur tête énorme autour de laquelle ils tournaient quand passaient les automobiles. Collées aux faïences des maisons les fillettes nues, et, au balcon le plus haut, sans autre intermédiaire aux autres étages, entre l'impudeur et l'amour, vos jeunes femmes aux tempes moites, gantées de jaune, vêtues de mousseline, avec des bas noirs à ramages et des feutres blancs. Appelées par le bruit, des jeunes filles passaient la tête à travers les grilles des rez-de-chaussée, et, prisonnières, fermaient seulement les yeux quand nous les regardions. Si nous approchions plus près, elles devenaient sourdes, – plus près encore, sans souffle et pâles. Puis par les rues sans honneur dont les perroquets, au-dessus de chaque porte, en crient l'énorme numéro, notre cortège dessinant la figure de circonstance autour de chaque point historique, le cercle autour du pavé où le roi fut tué, l'ovale autour du banc d'où Pombal expulsa les jésuites, nous arrivions aux colonnes, au Tage. Accoudés aux balustrades du fleuve, car il coule au ras de la place, et il faut même gravir deux marches pour embarquer, tu me montrais le *Vasco-de-Gama*, votre croiseur amiral, dont les officiers ne peuvent aller qu'à cheval dans Lisbonne ; *l'Adamastor*, qui emportait en vacances sur l'autre rive le pensionnat des fillettes illégitimes – les mères disaient adieu en pleurant, on entendait de l'autre côté du fleuve les pères dans l'attente pousser des cris de joie – et le navire sans pont où l'on verse pêle-mêle les lettres de cuivre qui composaient les noms des soixante navires allemands confisqués, pour que vos littérateurs y trouvent le même nombre, en poètes et en rois, de noms portugais. De grandes raies étincelaient parfois sous la houle, et c'étaient les aiguillages qui déportent le navire vers Halifax ou Pernambouc, et de monstrueuses barques à voile roussie passaient, avec une proue recourbée, des yeux de cyclope peints à l'avant, et un ne leur suffisait pas, chacune en avait deux.

— Des barques romaines ! disais-je.

— Non, disais-tu, portugaises.

Un nuage voilait le soleil, s'écartait, et Lisbonne se fermait et s'ouvrait comme un éventail. Tout ce qui roulait de ta ville de plâtre tombait dans un bateau à quai. Sur les hampes des palais tremblait l'air qui s'agite autour des sismographes. Les chiens éternuaient, hésitant à entrer dans cette mer poivrée. Les cortèges de onze heures passaient, c'étaient les unionistes en courroux, car on venait de rétablir à cause de la guerre les décorations et, pour tous, y compris les décorés, la peine de mort. C'était le corps diplomatique qui mettait au paquebot l'une de ses trois femmes, les attachés en costume chantant la phrase commune des hymnes nationaux, les seconds secrétaires portant les cadeaux du départ, les voiles de lin bleu à paniers rouges déployés, et, passant de leur poche, les encriers à sonnette, les Saintes-Madeleine d'ivoire dont la petite robe de soie était dans la malle et qui étaient nues. C'était l'autre officier de ma mission, poursuivi implacablement, car tu lui avais expliqué qu'on ne donne jamais aux mendiants portugais, qu'on leur dit « Tenez patience ! », qu'ils s'arrêtent alors brusquement, mendiants qu'ils sont, comme si on leur indiquait enfin pour la première fois une recette à la vie, mais il disait

« Tenez patience ! » aux marchands de journaux, aux bouquetières, aux vendeuses de soles, à tous ceux pour qui ta phrase était un commandement à le suivre, et aussi ils le suivaient patiemment, attendant qu'il sût le portugais pour acheter.

L'air brûlait, mais léché par des langues de glace. Les autos descendaient l'Avenida à toute vitesse, celles des hauts fonctionnaires, qui ne craignent pas les procès, tournant en zig-zag autour des lampadaires du milieu. Des hommes nègres armés de tuyaux en caoutchouc flattaient de la main les palmiers les moins bouffis ; je te demandais s'ils les gonflent, tu m'expliquais qu'ils les arrosent. Sur le Rocio tous s'assemblaient déjà devant le Club aux chapeaux verts, debout ou assis face au cadran de la gare, car on allait passer à l'heure d'hiver, de midi revenir à onze heures, et recevoir en sieste ce que chez nous l'Etat distribua en sommeil. A demi dégagés de leurs façades noires aux portes bordées de gris-bleu, les horlogers sans nombre de la cité s'agitaient, assurant qu'il faudrait tourner onze fois la grande aiguille, marquer l'arrêt même aux demies ; et souriaient d'attente et de volupté, aux terrasses des cafés, tous les pères avec ces trois filles qu'ils mènent le soir, au coucher du soleil, sur l'Océan, voir jaillir le rayon vert. Midi moins une. On levait les jumelles... Midi. La petite aiguille reculait simplement d'une heure, et les horlogers rentraient de dépit. Les pères devenaient soudain tristes, les filles caressantes. Reçues dans cette heure superflue, les Brésiliennes en escale souriaient à ce temps d'Europe qui les prenait en se pliant comme un hamac, et, au fond d'une double paresse, dans leur calèche, des Orientales à sourcils bleus laissaient tourner vers nous la voiture pour n'avoir point à tourner les yeux. D'un mot, car tu sais tout, tu m'expliquais pourquoi ces êtres superbes sourient aux officiers français, pourquoi ils étaient gais et tristes, bavards et muets, constellés avec des bijoux, et cet autre les deux seins nus :

— Cocottes... disais-tu.

*
* *

Ton doux pays était pour moi, depuis deux ans, le premier où il n'y eût pas la guerre. Il me fallut longtemps pour retrouver mes yeux de paix, pour ne pas, quand riait une vieille femme, quand venait un passant radieux, sentir en moi la joie qu'un fils fût en permission, qu'un blessé fût sauvé. Je me précipitais vers la vitrine entourée soudain par la foule comme vers dix mille prisonniers, comme vers Saint-Quentin reprise, et c'était un chien de porcelaine qui remuait la tête en tirant la langue. Quand tu me présentais à un de tes amis, je répondais avec mille précautions, mille scrupules, comme chez nous où l'on doit – pour éviter tout impair – parler aux gens inconnus comme s'ils étaient, et depuis leur naissance, seuls au monde. Je bavardais avec les grands-mères et leur petits-fils sans paraître soupçonner qu'il avait été jadis besoin, pour former leur groupe, une minute, d'un fils ou d'un gendre. Parfois, à l'aube, un mendiant sous ma fenêtre agitait sa sébile et je me réveillais brusquement au matin, envahi de quêteuses, d'un de nos dimanches serbes, belges ou roumains. Beau pays où les machinistes, les porteurs de pianos, n'étaient pas devenus – l'art par la guerre consterné ! – de pauvres êtres fluets, et ou les femmes ne marquaient pas dans les bureaux et les tramways la place d'un homme absent, la femme en demi-deuil celle d'un disparu, et où il nous fallut vivre comme j'aurais vécu, voilà trois ans, dans un pays où la mort n'existe pas, plongeant au hasard le bras dans les cœurs, parlant du passé, du futur, comme dans un pays d'enfants...

— Saluez ces officiers, car ils nous apportent la guerre !

Ainsi, les trois Anglais et les trois Français de la mission, nous présentaient aux troupes vos généraux. C'était sur les terrains d'exercice usés par l'école du soldat, sur ces places qui se ressemblent dans tout le globe comme deux crânes chauves, car l'on y voit la trame même de la terre. C'était à Thamar, entre la papeterie et les cloîtres indous, habités d'abeilles et boursouflés comme si toutes s'acharnaient sur ces marbres ; à Braga, au pied des trente églises, dans votre seule ville où l'ombre des maisons dans la rue ne soit pas chinoise, sur la place où les bornes milliaires de la voie romaine, rassemblées – et plus heureuses encore que les dates latines leurs contemporaines, toutes télescopées, – n'étaient plus espacées que de cinq mètres ; à Evora, où l'on met en pension, car partout ailleurs en Europe ils succombent, les chimpanzés qui n'ont pas un an. A ces paroles les civils se découvraient, et nous sortions nos mains de nos poches pour prouver je ne sais quelle innocence, comme celui qu'on soupçonne d'y caresser un revolver.

Mais le général anglais voulait féliciter vos officiers. C'était lui qui commandait l'armée britannique à Tsing-Tao, et il avait parié avec Dobell, du Cameroun, au premier général anglais qui entrerait en territoire allemand. Tous deux y furent le même jour, à la même heure, mais, à cause, de la latitude, le nôtre était proclamé gagnant. Il s'approchait, bienveillant, honorable, du colonel portugais et tu étais son interprète.

— Dites au colonel, disait-il, que je le remercie !

— Colonel... commençais-tu en portugais, et tu partais pour un discours immense où nous saisissions les mots les plus divers, le nom de Rome, le nom de Londres, des noms de fruits, des prénoms – car vous adorez les prénoms dans votre peuple où il n'est que cinq noms de famille – et le colonel s'inclinait.

— Commandant... te répondait-il, et lui aussi prononçait une phrase avec des mots abstraits ; une autre avec des noms de villes, françaises cette fois ; il s'agitait, devenait rouge au mot de Joinville-sur-le-Pont ; tu l'approuvais en hochant la tête, et quand il s'apaisait, le discours fini, te retournant vers nous, tu nous disais :

— Le colonel vous remercie de vos remerciements.

Et tout ainsi se passait entre vous deux, et tu nous rendais le mot aimable après que vous l'aviez tous deux gonflé à l'excès et épuisé, comme l'on rend une fois vieilli, à nouveau vides, les petits sentiments que l'on vous confia enfant, et qui furent dans votre vie l'amour, l'orgueil et l'amitié.

Alors nous visitions les casernes, les officiers supérieurs se regardant bienheureux quand un réserviste avait apporté un oreiller de dentelle ou qu'un cheval s'appelait Zeppelin. Les enfants nous poursuivaient avec les journaux de Lisbonne, encadrés de noir quand un sénateur français, Trouillot, Naquet, était mort la veille ; tu m'apprenais à lire le sonnet qu'ils publient en première page chaque jour, profitant de ce que ta langue ressemble mot pour mot à mon patois limousin, et désormais je savais comment se dit Ulysse en limousin et Agamemnon, et Desdémone. La route longeait à la fois la mer et la rivière, qui était dans son aqueduc, ou bien elle était bordée par de hauts murs, percés aux hectomètres de fenêtres grillées dont les laboureurs ouvraient les persiennes pour nous voir. Des balcons, les femmes parlaient au jeune homme debout au milieu de la rue, prononçaient l'*s* sans le mouiller, et, au sortir de l'Espagne, cette lettre soudain délivrée et franche touchait comme si une prétention en elles, les femmes, et une pudeur s'étaient évanouies. Les jours demi-utiles, ainsi s'appellent les samedis, nos automobiles devaient marquer le pas, – car ton pays est celui d'Europe où l'on déménage le plus – derrière le convoi de couples bavards dont nous connaissions en les dépassant enfin, moi les moindres meubles et toi les moindres pensées. Tout ce qu'au lycée j'avais dû inventer moi-même était là, les palais d'archevêque à coupoles roses et leurs jardins en trompe-l'œil, les nymphes aux seins gonflés par les couches annuelles de plâtre, les maïs comblant les vallons, l'énorme fleuve bu par le reflux, pourpre entre ses digues de porcelaine et ses eucalyptus, le bosquet de bananiers et de cyprès avec ses allégories en faïence : Poésie nourrissant son oie, Rhétorique faussement accueillante, les bras ouverts mais les jambes croisées ; et l'autre avec des animaux de marbre auxquels le Temps, enfermé là une minute, avait infligé tout ce que subirent de lui les statues de Vénus ou de Niobé, le chien traversé par les flèches et sans tête, le singe sans ses bras, et du rhinocéros le torse seul. Entre les oliviers et les palmes, pour tromper je ne sais quel corsaire, des artilleurs peignaient en bleu le phare qui hier était rouge ; et, on le reconnaissait au ramage, les arbres n'étaient peuplés que d'oiseaux d'Amérique échappés aux navires. J'étais au point même, et le plus lointain, où le désir m'avait conduit enfant, et je reculais vers toi de dix centimètres, pour ne pas toucher, surtout avec cette peinture fraîche, un des panneaux mêmes de ma vie.

Mais soudain, par un hululement sauvage, la sentinelle d'un dépôt d'armes appelait à la garde ses quatre soldats qui se précipitaient du poste et nous présentaient les armes. Je les regardais bien en face, m'arrêtant devant chacun d'eux, et dans ces huit demi-soldats, plus facilement que dans des soldats entiers, je cherchais à loisir mes ressemblances de la guerre, mes souvenirs de la France. Puis, le sourcil d'Artaud revu, la tempe de Dollero retrouvée, aperçue aussi dans leurs yeux la parenté avec l'ivoire et l'or, je leur faisais reposer l'arme et c'étaient eux, soudés à nouveau, qui nous entouraient pour nous voir.

— Il est temps, disais-tu. Délaissons-les !

Tu as toujours confondu délaisser et laisser, ainsi d'ailleurs que monter et descendre... Donc, puisque tu l'exigeais, nous les délaissions dans leur campagne vert et blanc, nous délaissions les ponts près des mélèzes, les passages à niveau aux gardiennes indigo bordées de rouge près des églises, dans une fenêtre rose les deux jumelles d'Oiras à nœuds verts nous les délaissions, et descendus à temps au faîte de la tour Belém, nous pouvions juste voir le soleil, au milieu de l'estuaire et un peu avant l'horizon, – en nous penchant, – monter, monter et disparaître.

Septembre 1916

Dardanelles

A notre droite Marmara se vidait ; à gauche, le golfe enflait. Sur le bateau qui tient la ligne entre cette mer qui descend et cette mer qui monte, serrés les uns contre les autres, sur notre presqu'île, nous dormions. Mes voisins étaient les deux frères jumeaux ; si je m'éveillais j'avais la consolation de croire que tous les Français sont semblables. La guerre, alors, paraissait anodine ; il suffisait que l'un d'entre nous fût sauvé, un seul, et, quand je refermais les yeux, l'idée venait aussi, apaisante, d'un enfant unique, d'une femme unique. Pour vous donner un instant le sommeil du premier homme, la France, à cette distance, se simplifiait. Mais, soudain, la même main criminelle allumait à la fois, chacun sur un continent, l'aurore, l'aube et, du côté de l'Arménie, le petit jour. Les étoiles tombaient. Deux oliviers d'argent, vieille habitude des cinémas, agitaient entre les lignes les débris d'un feuillage immortel. Alors le soleil se levait.

Il se levait au-dessous même de nous, sous notre képi, sous notre sac et je savais désormais ce qu'eût fait chacun de mes hommes s'il avait reçu en cadeau le soleil même. Baltesse le pétrissait, le roulait dans ses mains ; Riotard le posait sur sa tête, l'équilibrait, le reprenant quand il rebondissait. Soleil carmin, sur lequel tout prenait feu et auquel se piquaient nos regards devenus rayons tout à coup... Nous les y laissions. Séduite par nos armes, par nos gamelles, une alouette planait sur la tranchée, en suivait chaque retrait, chaque saillant ; il n'y avait, du poste turc, qu'à dessiner son vol pour connaître notre abri et repérer surtout, pires ennemis du prophète, ceux des Français qui usent d'un miroir. Sur la côte d'Asie chaque couleur s'étalait après l'autre et mon caporal, qui était des Beaux-Arts, criait et réclamait quand revenait la même. Chaque rocher noir, chaque cyprès bordé d'or n'était plus qu'un tampon appuyé contre une des sources du jour. Une lumière plus lourde que l'eau tombait peu à peu au fond du Détroit, et l'on y voyait les mosquées en équilibre sur leur minaret, les platanes retournés pour mesurer le temps ou la saison, on comprenait l'Orient... Mais déjà, sur la gauche, les peuples qui se lèvent tôt attaquaient, et des régiments de Sydney, surprenant les Kurdes, les exterminaient sans merci, car le Turc est l'ennemi national de l'Australien.

C'était la relève. A la jonction de la ligne anglo-française les agents de liaison cessaient d'échanger leurs timbres-poste et le raccord, sans ce papier gommé, devenait à nouveau précaire. Nous redescendions par les collines, nous heurtant, dans les couloirs, aux Bambaras, aux Peuls, à des yeux sans gloire, à toutes les images les plus brouillées et les plus ternes de nous-mêmes, car notre divisionnaire, stratège habile, faisait soutenir la nuit par ses soldats blancs et la journée par ses nègres. Tout l'éclat, tout le vide que les plus grands poètes, dans nos pays, ne soupçonnent qu'en s'étendant sur le dos au centre d'une prairie bombée, nous l'avions dans le boyau même. Tristes soldats que nous étions, voilà trois mois, quand il nous fallait partir en patrouille et risquer la mort pour apercevoir, entre deux mottes, la pointe du clocher de Nouvron ! Mais aujourd'hui !... La mer dessinait sur les flancs de la presqu'île ces lignes parallèles qu'elle ne fait que dans les bonnes cartes. Nous descendions, remontant d'un geste le soleil à nos bras. Pour ceux qui n'aiment pas, dès le matin, voir un continent entier, des îles. Dans le golfe pourpre, les navires anglais ; dans les Détroits, les français, qui préfèrent les eaux dorées. Nous reconnaissions le *Henri-IV*, avec sa plage à l'arrière, le *Châteaurenault*, immobile, maquillé de fausse écume à l'avant pour que l'artillerie turque le crût lancé à trente nœuds, et les contre-torpilleurs, entrés jusqu'à Yenikeuï, se laissaient, au lieu de tourner, dériver lentement. Selon notre marche, Ténédos, à l'horizon, se déplaçait, s'ajoutait à chaque autre île comme l'article à son nom, et parfois, douce inversion, suivait Imbros, suivait Samothrace. Entre sa colline d'oliviers et sa colline de cyprès, le camp s'agitait et chaque oiseau aussi avait des ailes différentes. Des quatre pylônes s'élevaient les ramiers, qui volaient par trois, et les geais qui volaient eux par couples, comme si l'Amour, dans cette heure matinale, confondait encore ses symboles. Celles des cigales qui seraient nées ce matin-là, les arbres de la plaine coupés, s'élevaient d'abord, ambitieuses, à la hauteur d'un pin, ne trouvaient pas... à la hauteur d'un olivier, – plus d'oliviers, – retombaient alors et mouraient. Mais déjà nous parvenaient les sonneries des chasseurs d'Afrique, en rade depuis quinze jours, dont les trompettes sonnaient sans relâche pour que les chevaux, sur le pont, prissent patience.

Toute l'armée était là, entre ces pentes chauves maintenant de leurs jeunes seigles et de leurs jeunes orges, les cadets, dans ces dix hectares que franchissaient à toute heure, avec leur serviette, comme ils enjambent la France jusqu'à Nice, des Anglais qui allaient au bain. Ces chevaux mordorés, là-bas, étaient les chevaux trop blancs des spahis, maquillés sur ordre au permanganate, et, campés à l'embouchure, ils avaient donc, privilégiés, le droit de boire tout ce qui leur arrivait du ruisseau. Ce zouave avec des caisses sur la tête était l'ordonnance du colonel Niéger, qui portait au château les tanagras trouvées par les sapeurs, et quand se rapprochait l'obus, qui demeurait debout, immobile, comme le torero déguisé en statue, en Espagne, quand le taureau le renifle. Ce Zélandais qui peignait son canon en tigre, pour qu'il eût l'air plus naturel, était celui qui m'expliquait hier ses manettes en répétant, au lieu du mot vélocité, le mot plus court, d'ailleurs, de volupté... De beaux aéroplanes apportaient au général Bailloud les poulets de Ténédos.

Tout ce que la guerre d'Europe s'était refusé était là, tous ceux que les ingénieurs, le siècle prochain, exileront et cloîtreront dans une île : les savants, les fous, les chasseurs. Il y avait le plus fameux entomologiste d'Irlande, que les Indiens, frères des fourmis, arrêtaient parfois comme espion, et la guerre dans le secteur anglais était dure aussi aux insectes. Il y avait les créoles de la Réunion, dont les adjudants, leur donnant à viser sans cesse Achi-Baba, voulaient en vain allonger, sur cette presqu'île, le pauvre regard circulaire. Il y avait le millionnaire accouru avec ses neuf chasseurs d'izards espagnols, armés de jumelles géantes, dont ils se servaient comme les Marocains du fusil, étendus sur le dos, et l'un prétendait toujours voir de la neige. Rien que des volontaires, ceux des Auvergnats et des Bourguignons qui ont toujours désiré voir Byzance, âmes simples, qu'on pouvait juger de vue comme avant le mensonge, les grands plus chevaleresques, les petits plus pratiques, les bruns plus passionnés. Il y avait Duparc et Garrigue, le trapu aux yeux vairons et le géant aux cheveux nattés qui, jadis, dans les sièges, s'offraient à pousser le bélier. Il y avait les deux gendarmes de Béziers qui, tout le jour, nous empêchaient de couper du bois, de dénicher les geais sous peine de procès-verbal et qui, le soir tombé, toujours pour le général Bailloud, pêchaient eux-mêmes à la grenade. Il y avait Moréas, Toulouse-Lautrec, Albalat. En conseil dans une tranchée ronde, les Turcs et les Grecs de la brigade s'occupaient à rédiger le petit dictionnaire pratique de l'entrée à Constantinople et ne s'entendaient ni sur le mot « renard », ni sur le mot « immortel »... Ils se levaient parfois tous ensemble et réclamaient la croix de guerre.

Nous déjeunions. Nous avions un demi-quart de vin, un gigot frigorifié, un petit-beurre. Ivres et repus, nous prêtions sans regret nos stylos aux camarades qui donnaient l'assaut demain et recopiant, par impuissance à aimer mieux, leurs lettres de la dernière attaque. Hoffmann jouait de son piston de poche en pleurant, – il pleurait toujours en jouant, sinon nous aurions eu de la flûte qu'il avait dû abandonner, pour cette raison, dès le lycée. Juéry faisait des vers, la tête au fond de la tranchée, les pieds sur le rebord, de sorte que toutes les mêmes lettres roulaient en lui par masses, et il ne lui est venu aux Dardanelles que des allitérations. Pour notre barbet, Garrigue rassemblait les tortues, les couleuvres orangées, les scorpions, mais ne lui présentait les monstres que séparément, pour qu'il ne crût pas à une seule bête trop puissante. Le sacristain de Sainte-Eugénie de Biarritz, qui devait mourir le premier, s'égratignait déjà à son fusil, et l'on cassait pour lui mon premier tube d'iode. J'en profitais pour offrir une tournée de laudanum. Désormais, tout avait servi de mes cadeaux du départ; rien que je n'eusse utilisé de la petite pharmacie, du bidon anglais, de la couverture mauve et rouge... tous mes amis m'avaient été utiles... je n'avais trompé la bonté d'aucun... je pouvais mourir.

Midi. Dans chaque vague, le soleil et une méduse entière. Dans chaque motte de terre, un mille-pattes étreignant le centre du jour. Le vent de Russie soufflait et nous couvrait de sable, à part les bras et les jambes que nous pouvions secouer. Au milieu de leur sieste, dans leur trou bordé de mosaïque, les Sénégalais faisaient ce que nous faisons à minuit, se retournaient en gémissant, appelaient leurs griots. La guerre assoupie, pour ménager son poing, ne frappait que sur ce qui est élastique, sur la mer, sur les vaisseaux, s'acharnait sur le bateau-citerne, le coulait. *L'Annam*, le courrier, brûlait en rade, et jusqu'à nous flottaient des papiers noirs. Torpillé, le *Triumph* se retournait, on entendait l'équipage, au garde-à-vous sur le pont, scander son nom. Le Détroit se bombait entre ses deux rives, comme s'il pénétrait par son centre un énorme sous-marin. Tous les bateaux sifflaient l'alarme, toutes les sirènes résonnaient et, dans des tourbillons de lumière, les navires soudain aveugles manœuvraient avec plus de bruit et de précautions que dans le plus épais brouillard. Sur les mines dérivantes, les légionnaires faisaient des feux de salve.

Au fond du golfe, à peine visible, le plus gros cuirassé du monde, agacé, s'enveloppait par intervalle d'une poudre dorée comme de leur pollen ces fleurs que le mauvais insecte approche. Comme des enfants réfugiés dans un orgue, nous dormions.

Mais Affre le juge, ruisselant de sueur, revenait du cap chargé de citrons doux. Il nous les offrait avec de fines allusions, car il a toujours confondu, même de vue, les Dardanelles et les Hespérides, et il nous emmenait au bain. Enjambant les coloniaux et les légionnaires étendus l'un contre l'autre, sans pouvoir faire, jusqu'à la plage, un pas moins étroit ni plus large qu'un homme endormi, nous arrivions à Myrto. Nous nagions heurtant des nègres qui, alors, bons hippopotames, s'enfonçaient. L'œil au niveau du fleuve, tout ce que nous avions de notre ombre se réfugiait sur nos têtes et il eût suffi de plonger pour s'en délivrer à jamais.

Ainsi nous vivions sans trop vivre, sur des jours éblouissants et plats, et nous nous sentions si minces au-dessus de la joie entière, de la tristesse entière, et nous ne creusions pas non plus nos abris, car l'eau venait. Pas de courrier. La petite bosse du portefeuille aux lettres sous la capote, qui varie chez les soldats d'Europe comme le cœur chez les civils, était toujours chez nous constante et à peine visible. Aucun acte vil ou futile n'était imaginable, on était vu de toutes parts, et pas un geste permis qui ne pût être accepté par les dix peuples différents. Un monde inoffensif, insouciant, comme les mondes d'un seul sexe, et les historiens pourront, sans que leur récit en paraisse faux, raconter nos exploits au féminin et laisser croire que les armées des Dardanelles étaient des armées de femmes. Soirs fabuleux. Les colonelles, alanguies par la fournaise, venaient se rafraîchir les mains au courant du Détroit comme on va, en Bretagne, se les réchauffer au Gulf-Stream. Un enfant de Miramas, seul rejeton de ces cent mille guerriers, passait de compagnie en compagnie, – enfant inventé, – pour qu'on l'admirât. Les Africaines déjà se glissaient hors de leurs trous vers les cimetières pour voler les galets des tombes et achever leur mosaïque. Les Françaises, auxquelles il paraissait tout à coup impossible qu'elles ne revissent pas une fois la gare du P.-L.-M., qu'il n'y eût pas encore une fois dans leur existence du civet, du vouvray, rassurées sur leur sort, chantaient en chœur ; et chacun de leurs fromages aussi, le brie, le levroux, le cantal, était pour elles une promesse de vie, et, logiquement, si elles raisonnaient, d'éternité. Les Australiennes fumaient, les manches de leur chemise relevées, ne pensant pas à l'avenir, mortelles...

O toi, je hais qui t'aime et je hais qui te déteste !... Les fumées des cuisines venaient jusqu'à nous, mais, tapis au fond de la mer dorée comme au fond d'un terrier, nous résistions à leur parfum... O guerre, pourquoi ne te passes-tu pas en nous-mêmes, ou pourquoi, tout au plus, n'es-tu pas à quelques amis isolés, à quelques personnes nues, comme tu le fus soudain cet après-midi où tous les obus, au sortir du bain, ne tombaient que sur Jacques et sur moi ? Nous ne pouvions avancer jusqu'à nos vêtements, nous étions allés à la terre comme les lutteurs qui se savent résistants, Jacques parallèle au tombeau de Patrocle, moi perpendiculaire à Jacques, et tu nous forças à former, pour t'échapper, toutes les figures de l'amitié. Puis, stupides, les trajectoires agacées se tendirent, et, nous délaissant, les obus tombaient sur le camp pour y blesser Colomb, notre lieutenant, et y tuer le pauvre Coulomb, son ordonnance, car les gens du peuple qui portent nos noms, ou à peu près, sont tués, ou à peu près, pour nous.

*
* *

Minuit... Les grenouilles du ruisseau turc répondaient à nos grenouilles dans un langage convenu, et je n'en comprenais que ce qui se rapporte au temps. Un canon d'Asie, plus étroit que le Français d'un millimètre, l'attaquait avec furie, et, dilaté, s'apaisait. Chacun, sûr de sa mort, passait et confiait sa lettre d'adieu à son voisin de droite, immortel.

Journée de cire, journée lisse. Quel relief, quel soir de jeune femme en France appliquer contre toi, pour que renaisse un jour notre âme double, notre langage double... et, avec les taxis rapides, Paris !...

Mai 1915

Adieu à la guerre

Voici que les Allemands ont signé la paix, sur de petites croix qu'on m'a fait tracer d'avance au crayon, signatures crucifiées, et M. William-Martin m'arrache ma gomme pour effacer les croix lui-même. Voici que dans les tramways de Suisse et de Hollande, chaque Prussien lit les clauses et se plaint au conducteur qu'on lui prenne Togo. Voici qu'en Thuringe et en Souabe chaque père de famille rentre en retard pour le repas et jette le livre du traité sur la table devant ses enfants silencieux.

Voici que les Autrichiens, debout en ligne sur la terrasse de Saint-Germain, lèvent tous la tête vers un dirigeable, la baissent tous ensemble pour suivre dans la Seine l'ombre du ballon et répètent, sans se lasser, face à Paris, ce geste de consentement.

Voici que je ne tuerai plus de Bulgares, que j'ai le droit d'aimer les Turcs ; voici que, pour la première fois depuis cinq ans, – car j'ai rendu ce matin mon revolver et mes jumelles à mon dépôt – je me retrouve sans arme et sans rien qui double ou aiguise mes sens, devant les arbres, les passants et les tramways pleins de malice. Voici que mon plus grand ennemi au monde, peu acharné, mais le seul que j'aurai désormais à épier le soir dans les forêts, à surprendre à l'aube près des promontoires, celui que dès maintenant je surveille dans ce miroir de poche comme au périscope, c'est ce Français, c'est moi-même... Guerre, tu es finie !

Comment la guerre commença ? Nous dansions au sous-sol, dans un casino : on annonça la guerre. Toutes les danseuses se précipitèrent sans manteau sur la terrasse, tous les faux couples se désunirent, les vrais couples se reformèrent, comme dans le paquebot qui heurte une banquise ; les maris couvraient leurs femmes de leur pardessus et les lançaient dans la nuit avec ces ceintures de sauvetage ; des groupes faits par le hasard devenaient immuables comme dans un canot et partaient compacts vers les hôtels. Naufrage sans enfants... Je dis adieu à l'inconnue qui était dans mes bras, toute couleur de grenadine, à la seconde où éclata la guerre. A pied, à travers la campagne, je partis vers la petite ville où étaient mes parents. La lune étincelait. Une eau pure s'amassait dans les écluses. La terre était unie et miroitait comme un tableau sous une vitre. Jolie besogne, pour un messager de la guerre, de traverser une Auvergne nocturne ! Tous les oiseaux de nuit volaient pour cette dernière nuit. A la hauteur des maisons, j'entendais le tic-tac des horloges... De grandes hordes de chevaux s'assemblaient silencieusement auprès des bourgs, de grands troupeaux de moutons et de bœufs... *Pas un homme. Les animaux semblaient fuir* d'eux-mêmes ce pays qui allait sombrer. Seule, l'auto d'un médecin courait essoufflée vers chaque nouveau malade comme vers un nouveau point qui lâche dans une couture ; il se hâtait ; mais tout effort désormais était inutile... tout déjà craquait ! J'allais, hypocritement tendre, dissimulant jusqu'au bout ma mission, caressant un paisible bœuf comme un dernier îlot de paix, frappant d'une canne amicale un arbre, comme une barrique au passage, un arbre qui était plein, qui résonnait à peine, un cher arbre... J'arrivai, je cognai à la porte ; une bougie s'alluma, vacilla, première petite flamme allumée au sinistre flambeau... Jolie besogne pour un fils d'annoncer la guerre à ses parents... Ils se penchèrent à la fenêtre, ils descendirent : la guerre ? Ils m'assurèrent que je me trompais. Savais-je ce qu'était la guerre ? Ils la combattaient en moi comme un projet ; ils m'offraient une boisson chaude, ils cherchaient des biscuits, ils voulaient me séduire... Qu'avais-je donc à ne pas vouloir leur dire oui, leur dire peut-être... étais-je amoureux de la guerre ? Mais, déjà, j'étais inflexible. A mon réveil, ils m'entourèrent... Mais, déjà, j'étais leur aîné, j'étais plus près qu'eux de la mort... Du chocolat ? oui, j'en prenais... Mais déjà, j'étais impitoyable et tendre, austère et gai, obstiné et facile. J'étendis les bras nus hors du lit en bâillant... Ils frémirent... Leur fils, une seconde, avait ressemblé à cet être qui écarte les bras, qui ouvre, ouvre la bouche... à la guerre !

Comment la guerre se passa ? En réveils, en réveils incessants. Tous mes souvenirs de guerre ne sont que des souvenirs de réveil. Pas un jour où la nuit nous ait enfantés sans douleur... L'aube, quand nos yeux ouverts depuis une minute, à la place des constellations immuables, du moins, et douces à la pensée, voyaient soudain deux avions en combat monter et descendre par saccades, s'agiter autour de notre pauvre regard rigide, comme les plateaux d'une balance folle ! Le petit jour, quand le sergent professeur de piano, agitant ses doigts pour les garder déliés, tapotait sur son bidon à droite, sur sa musette à gauche, de petits coups furtifs qui étaient les études en *ré* mineur. – C'est la pluic, pensaient ses voisins, sale pluie ! Et le matin, quand Laurent, à peine debout, pour se rendre un peu plus brave, comme on frappe fort le baromètre pour qu'il fasse un peu plus beau, se battait lui-même à coups de poing ! Et le réveil avant le réveil, quand on ne pouvait détacher son regard de toutes ces places violettes et ridées, dans les autres visages, qui, tout à l'heure, allaient être des yeux ! Et minuit, aux environs d'un clocher, quand nous comptions les douze coups, marches de notre seul escalier ! Et la fusée éclairante, avant l'attaque, qui nous montrait tous assis en ligne devant nos sacs comme devant des pupitres, occupés à des jeux d'écoliers en classe ; et si l'on bavardait, l'officier claquait de la langue, comme un pion ! Et la fin de la nuit, quand nous nous retrouvions étendus au pied du jour comme des traîtres fusillés, remuant encore, geignant ; et l'adjudant-sommeil passait, nous tirait en pleine tempe, nous achevait !

La guerre est finie. Voici que je ne m'endormirai plus sur l'épaule d'un bourrelier, sur le cœur d'un menuisier ; mes jambes ne se prendront plus le soir – qu'il était ardu de les démêler seules le matin – dans les jambes d'un charretier, d'un plongeur. La tête de Chinard, le sabotier, ne retombera pas toute la nuit sur mes genoux, durement, comme une coque tombée d'un arbre et je n'aurai plus à la reposer près de moi, doucement, en y mettant les deux mains. Mon tambour le jardinier ne ronflera plus à mon oreille, et je ne taperai plus, pour le réveiller, d'une main de plus en plus nerveuse, sur son tambour. Me voici seul, et ce filet qu'ont depuis cinq ans tendu au-dessous de moi tous les métiers, qui m'a sauvé, j'ai passé pour toujours au travers. Boulangers et charbonniers sans couleurs, teinturiers et peintres aux mains blanches, adieu ! Mon brusque réveil ne fera plus trembler, comme le voyageur qui tire une liane au matin remue toute la forêt, une file entrelacée de coiffeurs, de typographes... Mon réveil, tous ces réveils ! L'aube, où l'on se décidait enfin à dégrafer son ceinturon, gonflé par la nuit autant que par une mort... L'aube, sur cette ligne où deux soldats seulement, celui qui touchait la mer, celui qui touchait la Suisse, avaient un côté libre... L'aube, où le ciel souillé s'élevait comme un pauvre linge qu'on appuya, humide du moins, sur la terre, avec la lune au centre, son empreinte livide... Et cette aube dans un moulin, quand un Allemand appuyait de tout son corps contre ma porte, quand je résistais, quand je faiblissais, quand je sentis s'ouvrir la porte de la France ! Guerre, tu es finie !

Voilà que je reprends ma vraie distance de la mort, d'une pensée si vive qu'il me semble partir à reculons dans ma chambre même, et que les objets, commodes, pendules, tableaux, s'éloignent de moi aussi vite que les amis âgés et les parents ! Souci que nous avions de la mort, plutôt que crainte ; elle nous gênait juste comme un oiseau que nous aurions eu à porter cinq années dans notre main gauche. Est-ce la mort, est-ce trois millions de moineaux qui s'envolent soudain de nous ?... Voilà que nous ne vivrons plus auprès des femmes comme auprès d'une race immortelle... Voilà que nous ne frotterons plus nos regards aux femmes comme à une race, comme à un phosphore divins ! Qu'elles sont débiles, les deux que je vois d'ici, de rouge et de jaune vêtues... visages de poudre et de cher plâtre, cheveux oxygénés, tendre argile que le premier matin de paix décolore et effrite, comme ces statuettes, en Orient, quand nous les tirions au jour. Pauvres femmes soudain millénaires ! Guerre, tu es finie !

Ma section s'est rompue comme un collier. Tous mes camarades ont roulé selon la pente vers les villes et disparu sous les beaux meubles de la France ; sous Chenonceaux, je ne sais où, mon ordonnance ; il me faudra déplacer tout Chenonceaux pour le retrouver ; sous Toulouse, et dans un sous-sol, mon cuisinier. Les mains se pressent, les visages se touchent. Le toucher est rendu aux Français... Ce grand corps inerte de la France, tendu pour séparer d'aussi loin que possible les plaies, les pieds cloués, les mains clouées, le visage décharné, les époux des épouses, les frères des sœurs, a fondu soudain par son centre. Il n'y a plus toute la France comme un tampon incompressible entre l'homme et la femme qui aiment, toute la France comme une rallonge entre le fiancé et la fiancée qui déjeunent. Les jaloux peuvent se toucher, les indifférents s'effleurer, les inconnus se prendre les mains et n'être inconnus qu'à un mètre ! Guerre, tu es finie !

Ce que je suis maintenant ? Ce que je fais ?

C'est dimanche. Il est midi. L'air est tout bourdonnant d'aéroplanes qui travaillent comme des batteuses. Le printemps, d'une heureuse, bienheureuse pente, nous déverse à l'été. La lune tourne vers nous son côté argent, le soleil son côté or ; la France – et chaque Français – fait face à tout ce qui brille, comme un jeune taureau. C'est aujourd'hui que les Allemands nous cèdent leurs câbles, nous donnent surveillance sur leurs avions ; de grands chemins s'ouvrent pour nous dans l'air et sous les eaux. Le soleil flamboie. Chaque écrivain, au bout d'un rayon, ne pose sur sa page que des mots dorés. Chacun au bout d'un rayon, les Parisiens, dans le Luxembourg, effleurent les pelouses de pieds victorieux, donnent à travers les grilles du Jardin des Plantes, aux caribous, aux zébus, aux antilopes, des caresses de vainqueurs ; les commis content des mensonges aux commises qui les adorent, menteurs victorieux. Tout le peuple mange aux terrasses, – et pas un plat, de la cuisine à la table, et pas une brique, dans cette maison qu'on achève, du tombereau à la toiture, et pas une paperasse dans ce ministère, de l'huissier au chef de bureau, qu'ait effleurés une main vaincue... De moi, malgré moi, tous les héros tristes et vaincus, nos frères et sœurs d'hier, s'écartent un peu, s'écartent : Andromaque et son éternelle plainte, Pandore et son éternelle espérance, et Annibal, et Vercingétorix ; notre intimité, pauvres vaincus, est finie ; notre parent commun est mort.

Il est midi. La rue est coupée en deux parties inégales par l'ombre et le soleil ; du côté étroit de l'ombre, les enfants qui mangent pour la première fois des gâteaux, reviennent de Saint-Sulpice, où tous leurs saints depuis hier sont victorieux, à la main de leur grand-père, qui mange à nouveau des bonbons ; du côté du soleil, les animaux, chiens et chats, dorment et courent, vivent au large. C'est sur leur trottoir que je vais ; à chaque minute, un des trois millions de moineaux part sous mes pas...

Il est midi. Un vent léger remue les platanes ; en appuyant du doigt sur son œil, on voit toutes choses avec un contour doré ; le vin est rose dans les carafes ; la nappe est blanche sous l'argent et sous les cerises...

Ce que je fais ? Ce que je suis ?

Je suis un vainqueur, le dimanche à midi.

Juillet 1919

TABLE

Dans la collection Les Cahiers Rouges

Lou Andreas-Salomé	*Friedrich Nietzsche à travers ses œuvres*
Joseph Arbaud	*La Bête du Vaccarès*
Jacques Audiberti	*Les enfants naturels*
Jacques Audiberti	*L'Opéra du monde*
Marguerite Audoux	*L'atelier de Marie-Claire*
Marguerite Audoux	*Marie-Claire*
François Augiéras	*Domme ou l'essai d'occupation*
François Augiéras	*L'apprenti sorcier*
François Augiéras	*Le voyage des morts*
François Augiéras	*Un voyage au mont Athos*
Marcel Aymé	*Clérambard*
Marcel Aymé	*Vogue la galère*
Charles Baudelaire	*Lettres inédites aux siens*
Béatrix Beck	*Josée dite Nancy*
Béatrix Beck	*La décharge*
Jurek Becker	*Jakob le menteur*
Louis Begley	*Une éducation polonaise*
Julien Benda	*La tradition de l'existentialisme*
Julien Benda	*La trahison des clercs*
Yves Berger	*Le Sud*
Emmanuel Berl	*La France irréelle*
Emmanuel Berl	*Méditation sur un amour défunt*
Emmanuel Berl	*Rachel et autres grâces*
Emmanuel Berl et Jean d'Ormesson	*Tant que vous penserez à moi*
Tristan Bernard	*Mots croisés*
Patrick Besson	*Les frères de la consolation*
Princesse Bibesco	*Catherine-Paris*
Princesse Bibesco	*Le confesseur et les poètes*
Ambrose Bierce	*Histoires impossibles*
Ambrose Bierce	*Morts violentes*
Lucien Bodard	*La vallée des roses*
Alain Bosquet	*Une mère russe*
Jacques Brenner	*Les petites filles de Courbelles*
André Breton, Lise Deharme, Julien Gracq, Jean Tardieu	*Farouche à quatre feuilles*
Charles Bukowski	*Au sud de nulle part*
Charles Bukowski	*Factotum*
Charles Bukowski	*L'amour est un chien de l'enfer t.1*

Charles Bukowski	*L'amour est un chien de l'enfer t.2*
Charles Bukowski	*Le Postier*
Charles Bukowski	*Souvenirs d'un pas grand-chose*
Charles Bukowski	*Women*
Anthony Burgess	*Pianistes*
Michel Butor	*Le génie du lieu*
Erskine Caldwell	*Une lampe, le soir...*
Henri Calet	*Contre l'oubli*
Henri Calet	*Le croquant indiscret*
Truman Capote	*Prières exaucées*
Hans Carossa	*Journal de guerre*
Blaise Cendrars	*Hollywood, la Mecque du cinéma*
Blaise Cendrars	*La Vie dangereuse*
Blaise Cendrars	*Moravagine*
Blaise Cendrars	*Rhum*
André Chamson	*L'Auberge de l'abîme*
André Chamson	*Le crime des justes*
Jacques Chardonne	*Ce que je voulais vous dire aujourd'hui*
Jacques Chardonne	*Claire*
Jacques Chardonne	*Les Varais*
Jacques Chardonne	*Lettres à Roger Nimier*
Jacques Chardonne	*Propos comme ça*
Jacques Chardonne	*Vivre à Madère*
Alphonse de Chateaubriant	*La Brière*
Bruce Chatwin	*En Patagonie*
Bruce Chatwin	*Le vice-roi de Ouidah*
Bruce Chatwin	*Les jumeaux de Black Hill*
Bruce Chatwin	*Utz*
Jacques Chessex	*L'ogre*
Hugo Claus	*La Chasse aux canards*
Emile Clermont	*Amour promis*
Jean Cocteau	*Journal d'un inconnu*
Jean Cocteau	*La corrida du 1er Mai*
Jean Cocteau	*La machine infernale*
Jean Cocteau	*Les Enfants terribles*
Jean Cocteau	*Lettre aux Américains*
Jean Cocteau	*Portraits-souvenir*
Jean Cocteau	*Reines de la France*
Vincenzo Consolo	*Le sourire du marin inconnu*
Jean-Louis Curtis	*La Chine m'inquiète*
Salvador Dali	*Les cocus du vieil art moderne*
Léon Daudet	*Les Morticoles*
Léon Daudet	*Souvenirs littéraires*
Degas	*Lettres*
Joseph Delteil	*Choléra*
Joseph Delteil	*Jeanne d'Arc*

Joseph Delteil	*Jésus II*
Joseph Delteil	*La Deltheillerie*
Joseph Delteil	*La Fayette*
Joseph Delteil	*Les Poilus*
Joseph Delteil	*Sur le fleuve Amour*
André Dhôtel	*L'île aux oiseaux de fer*
André Dhôtel	*Le Ciel du faubourg*
Charles Dickens	*De grandes espérances*
Maurice Donnay	*Autour du Chat Noir*
Robert Dreyfus	*Souvenirs sur Marcel Proust*
Alexandre Dumas	*Catherine Blum*
Alexandre Dumas	*Jacquot sans Oreilles*
Umberto Eco	*La guerre du faux*
Ralph Ellison	*Homme invisible, pour qui chantes-tu ?*
Oriana Fallaci	*Un homme*
Ramon Fernandez	*Molière ou l'essence du génie comique*
Dominique Fernandez	*Porporino ou les mystères de Naples*
Ferreira de Castro	*Forêt vierge*
Ferreira de Castro	*La mission*
Ferreira de Castro	*Terre froide*
Max-Pol Fouchet	*La rencontre de Santa Cruz*
Georges Fourest	*La négresse blonde*
Georges Fourest	*Le géranium ovipare*
Jean Freustié	*Proche est la mer*
Carlo Emilio Gadda	*Le château d'Udine*
Gabriel García Márquez	*Chronique d'une mort annoncée*
Gabriel García Márquez	*Des feuilles dans la bourrasque*
Gabriel García Márquez	*Des yeux de chien bleu*
Gabriel García Márquez	*La Mala Hora*
Gabriel García Márquez	*L'automne du patriarche*
Gabriel García Márquez	*Les funérailles de la Grande Mémé*
Gabriel García Márquez	*L'incroyable et triste histoire de la candide Erendira*
Gabriel García Márquez	*Pas de lettre pour le colonel*
Gabriel García Márquez	*Récit d'un naufragé*
David Garnett	*La femme changée en renard*
Gauguin	*Lettres à sa femme et à ses amis*
Maurice Genevoix	*La Boîte à pêche*
Maurice Genevoix	*Raboliot*
Natalia Ginzburg	*Les mots de la tribu*
Jean Giono	*Colline*
Jean Giono	*Jean le Bleu*
Jean Giono	*Le Serpent d'Étoiles*
Jean Giono	*Les vraies richesses*
Jean Giono	*Mort d'un personnage*
Jean Giono	*Naissance de l'Odyssée*

Jean Giono	*Que ma joie demeure*
Jean Giono	*Regain*
Jean Giono	*Un de Baumugnes*
René Girard	*Mensonge romantique et vérité romanesque*
Jean Giraudoux	*Adorable Clio*
Jean Giraudoux	*Bella*
Jean Giraudoux	*Églantine*
Jean Giraudoux	*La menteuse*
Jean Giraudoux	*Lectures pour une ombre*
Jean Giraudoux	*Siegfried et le Limousin*
Jean Giraudoux	*Supplément au voyage de Cook*
Ernst Glaeser	*Le Dernier Civil*
William Goyen	*Savannah*
Jean Guéhenno	*Changer la vie*
Yvette Guilbert	*La chanson de ma vie*
Louis Guilloux	*Angélina*
Louis Guilloux	*Dossier confidentiel*
Louis Guilloux	*Hyménée*
Louis Guilloux	*La Maison du peuple*
Jean-Noël Gurgand	*Israéliennes*
Kléber Haedens	*Adios*
Kléber Haedens	*L'été finit sous les tilleuls*
Kléber Haedens	*Magnolia-Jules/L'Ecole des parents*
Kléber Haedens	*Une histoire de la littérature française*
Daniel Halévy	*Pays parisiens*
Knut Hamsun	*Au pays des contes*
Knut Hamsun	*Vagabonds*
Joseph Heller	*Catch 22*
Louis Hémon	*Battling Malone, pugiliste*
Louis Hémon	*Monsieur Ripois et la Némésis*
Pierre Herbart	*Histoires confidentielles*
Hermann Hesse	*Siddhartha*
Panaït Istrati	*Les Chardons du Baragan*
Henry James	*Les journaux*
Pascal Jardin	*La guerre à neuf ans, suivi de Guerre après guerre*
Marcel Jouhandeau	*Élise architecte*
Marcel Jouhandeau	*Les Argonautes*
Ernst Jünger	*Le contemplateur solitaire*
Ernst Jünger	*Rivarol et autres essais*
Franz Kafka	*Journal*
Franz Kafka	*Tentation au village*
Paul Klee	*Journal*
Jean de La Varende	*Le Centaure de Dieu*
Armand Lanoux	*Maupassant, le Bel-Ami*

Jacques Laurent	*Croire à Noël*
Jacques Laurent	*Le Petit Canard*
Le Golif	*Cahiers de Le Golif, dit Borgnefesse*
Paul Léautaud	*Bestiaire*
G. Lenotre	*La Révolution par ceux qui l'ont vue*
G. Lenotre	*Napoléon - Croquis de l'épopée*
G. Lenotre	*Sous le bonnet rouge*
G. Lenotre	*Versailles au temps des rois*
Primo Levi	*La Trêve*
Suzanne Lilar	*Le couple*
Pierre Mac Orlan	*Marguerite de la nuit*
Vladimir Maïakovski	*Théâtre*
Norman Mailer	*Les armées de la nuit*
Norman Mailer	*Pourquoi sommes-nous au Vietnam ?*
Norman Mailer	*Un rêve américain*
Antonine Maillet	*Les Cordes-de-Bois*
Antonine Maillet	*Pélagie-la-Charrette*
Curzio Malaparte	*Technique du coup d'État*
Luigi Malerba	*Le serpent cannibale*
Luigi Malerba	*Saut de la mort*
Eduardo Mallea	*La barque de glace*
André Malraux	*La Tentation de l'Occident*
Clara Malraux	*Nos vingt ans*
Heinrich Mann	*Le sujet !*
Heinrich Mann	*Professeur Unrat (l'Ange bleu)*
Klaus Mann	*Mephisto*
Klaus Mann	*Le volcan*
Thomas Mann	*Altesse royale*
Thomas Mann	*Les maîtres*
Thomas Mann	*Mario et le magicien*
Thomas Mann	*Sang réservé*
Claude Mauriac	*André Breton*
François Mauriac	*La Pharisienne*
François Mauriac	*La robe prétexte*
François Mauriac	*Le mystère Frontenac*
François Mauriac	*Les Anges noirs*
François Mauriac	*Les chemins de la mer*
François Mauriac	*Thérèse Desqueyroux*
Jean Mauriac	*Mort du général de Gaulle*
André Maurois	*Choses nues*
André Maurois	*Le cercle de famille*
André Maurois	*Les silences du Colonel Bramble*
André Maurois	*René ou la vie de Chateaubriand*
André Maurois	*Tourguéniev*
André Maurois	*Voltaire, suivi de Aspects de la biographie*

Frédéric Mistral	*Mireille-Mirèio*
Thyde Monnier	*La rue courte*
Paul Morand	*Air indien*
Paul Morand	*Bouddha vivant*
Paul Morand	*Champions du monde*
Paul Morand	*L'Europe galante*
Paul Morand	*Lewis et Irène*
Paul Morand	*Magie noire*
Paul Morand	*Rien que la terre*
Alvaro Mutis	*Ilona vient avec la pluie*
Alvaro Mutis	*La dernière escale du tramp steamer*
Alvaro Mutis	*La neige de l'Amiral*
Vladimir Nabokov	*Chambre obscure*
Sten Nadolny	*La découverte de la lenteur*
Irène Némirovsky	*David Golder*
Irène Némirovsky	*L'Affaire Courilof*
Irène Némirovsky	*Le Bal*
Irène Némirovsky	*Les mouches d'automne*
Gérard de Nerval	*Poèmes d'Outre-Rhin*
Paul Nizan	*Antoine Bloyé*
François Nourissier	*Un petit bourgeois*
René de Obaldia	*Innocentines*
René de Obaldia	*Le Centenaire*
Edouard Peisson	*Hans le marin*
Edouard Peisson	*Le pilote*
Edouard Peisson	*Le sel de la mer*
Sandro Penna	*Poésies*
Sandro Penna	*Un peu de fièvre*
Joseph Peyré	*L'Escadron blanc*
Joseph Peyré	*Matterhorn*
Joseph Peyré	*Sang et Lumières*
Charles-Louis Philippe	*Bubu de Montparnasse*
André Pieyre de Mandiargues	*Deuxième Belvédère*
André Pieyre de Mandiargues	*Feu de Braise*
André Pieyre de Mandiargues	*Le Belvédère*
Raoul Ponchon	*La muse au cabaret*
Henry Poulaille	*Le Pain quotidien*
Henry Poulaille	*Pain de soldat*
John Cowper Powys	*Camp retranché*
Bernard Privat	*Au pied du mur*
Annie Proulx	*Nœuds et dénouement*
Raymond Radiguet	*Le diable au corps, suivi du Bal du comte d'Orgel*
Charles-Ferdinand Ramuz	*Aline*
Charles-Ferdinand Ramuz	*Derborence*
Charles-Ferdinand Ramuz	*Jean-Luc persécuté*

Charles-Ferdinand Ramuz	*Joie dans le ciel*
Charles-Ferdinand Ramuz	*La grande peur dans la montagne*
Charles-Ferdinand Ramuz	*Le garçon savoyard*
Paul Reboux et Charles Muller	*A la manière de...*
Jean François Revel	*Sur Proust*
André de Richaud	*Étrange Visiteur*
André de Richaud	*La Barette rouge*
André de Richaud	*La douleur*
André de Richaud	*La fontaine des lunatiques*
Rainer-Maria Rilke	*Lettres à un jeune poète*
Christine de Rivoyre	*Boy*
Marthe Robert	*L'Ancien et le Nouveau*
Christiane Rochefort	*Archaos*
Christiane Rochefort	*Printemps au parking*
Auguste Rodin	*L'art*
Henry Roth	*L'or de la terre promise*
Jean-Marie Rouart	*Ils ont choisi la nuit*
Mark Rutherford	*L'autobiographie de Mark Rutherford*
Maurice Sachs	*Au temps du Bœuf sur le toit*
Vita Sackville-West	*Au temps du roi Edouard*
Claire Sainte-Soline	*Le dimanche des Rameaux*
Peter Schneider	*Le sauteur de mur*
Leonardo Sciascia	*Du côté des infidèles*
Leonardo Sciascia	*L'Affaire Moro*
Leonardo Sciascia	*Pirandello et la Sicile*
Jorge Semprun	*Quel beau dimanche*
Victor Serge	*Les derniers temps*
Victor Serge	*S'il est minuit dans le siècle*
Friedrich Sieburg	*Dieu est-il Français?*
Ignazio Silone	*Fontamara*
Ignazio Silone	*Le secret de Luc*
Ignazio Silone	*Une poignée de mûres*
Osvaldo Soriano	*Jamais plus de peine ni d'oubli*
Osvaldo Soriano	*Je ne vous dis pas adieu...*
Osvaldo Soriano	*Quartiers d'hiver*
Philippe Soupault	*Poèmes et poésies*
Roger Stéphane	*Portrait de l'aventurier*
Roger Stéphane	*Chaque homme est lié au monde*
André Suarès	*Vues sur l'Europe*
Pierre Teilhard de Chardin	*Écrits du temps de la guerre (1916-1919)*
Pierre Teilhard de Chardin	*Genèse d'une pensée*
Pierre Teilhard de Chardin	*Lettres de voyage*
Paul Theroux	*La Chine à petite vapeur*
Paul Theroux	*Voyage excentrique et ferroviaire autour du Royaume-Uni*

Roger Vailland	*Bon pied bon œil*
Roger Vailland	*Éloge du cardinal de Bernis*
Roger Vailland	*Les mauvais coups*
Roger Vailland	*Un jeune homme seul*
Vincent Van Gogh	*Lettres à son frère Théo*
Vincent Van Gogh	*Lettres à Van Rappard*
Vercors	*Sylva*
Paul Verlaine	*Choix de poésies*
Frédéric Vitoux	*Bébert, le chat de Louis-Ferdinand Céline*
Ambroise Vollard	*En écoutant Cézanne, Degas, Renoir*
Kurt Vonnegut	*Galápagos*
Jakob Wassermann	*Gaspard Hauser*
Mary Webb	*Sarn*
Kenneth White	*Lettres de Gourgounel*
Kenneth White	*Terre de diamant*
Walt Whitman	*Feuilles d'herbe t.1*
Walt Whitman	*Feuilles d'herbe t.2*
Jean-Didier Wolfromm	*Diane Lanster*
Jean-Didier Wolfromm	*La leçon inaugurale*
Émile Zola	*Germinal*
Zola, Maupassant, Huysmans, Céard, Hennique, Alexis	*Les soirées de Médan*
Stefan Zweig	*Brûlant secret*
Stefan Zweig	*Érasme*
Stefan Zweig	*Fouché*
Stefan Zweig	*La Peur*
Stefan Zweig	*La Pitié dangereuse*
Stefan Zweig	*Le Chandelier enterré*
Stefan Zweig	*Magellan*
Stefan Zweig	*Marie Stuart*
Stefan Zweig	*Marie-Antoinette*
Stefan Zweig	*Souvenirs et rencontres*
Stefan Zweig	*Un caprice de Bonaparte*

Cet ouvrage a été imprimé par

FIRMIN DIDOT
GROUPE CPI

Mesnil-sur-l'Estrée

pour le compte des Éditions Grasset
en octobre 2005

Imprimé en France

Dépôt légal : octobre 2005
N° d'édition : 14041 – N° d'impression : 76208
ISBN : 2-246-12392-5
ISSN : 0756-7170